集英社オレンジ文庫

リーリエ国騎士団とシンデレラの弓音

—見える神の代理人—

瑚池ことり

本書は書き下ろしです。

Contents

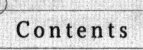

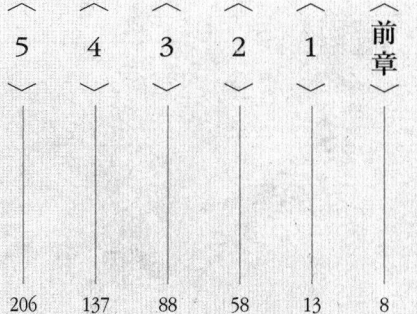

Characters

ニナ

優秀な騎士を輩出する村に
生まれながら、小柄であるために
大剣をふるえない。
短弓の才能を見いだされ、
国家騎士団員に。

リヒト

ニナの才能に気づき、
騎士団に勧誘した。
庶子ではあるが、
リーリエ国の王子。
競技中は、
ニナの盾を務める。

ロルフ

ニナの実兄。
過去の事故で左目を
失いながらも、
リーリエ国最強を
謳われる寡黙な騎士。
〈隻眼の狼《アイン・ウォルフ》〉と呼ばれている。

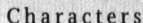

リーリエ国騎士団と
Lily Nationale Ritter Erzählung
シンデレラの弓音
—見える神の代理人—

前章

「もったいないお言葉です。国家騎士団として、当然の責務を果たしたまでのこと。国と民の安寧《あんねい》のため、陛下、ならびに各国王族の方々の無事のご帰国、幸甚《こうじん》の至りに存じます」

すらすらと流れでたのは恭《うやうや》しい言葉。

国家騎士団員の式典用ケープをまとったリヒトは、片膝をつき、玉座に座る父国王オストカールに頭《こうべ》をたれている。

しん、と静寂が落ちた。

ややあって副団長ヴェルナーが、ぶほ、と噴きだした。その隣で膝を折る団長ゼンメルが、誤魔化《ごまか》すような咳払《せきばら》いをする。

リーリエ国王オストカールはきょとんと目をまたたいた。

いまのはわしに言ったのか、と、傍《かたわ》らの侍従長《じじゅうちょう》に確認する。庶子《しょし》ラントフリートの平民と変わらぬ言葉づかいや、ぞんざいな態度は、父国王はもとより下働きの女官まで知っている非常識である。

困惑をのみこんで黙礼した侍従長に対して、オストカールは狐につままれたような顔をする。良くも悪くも鷹揚《おうよう》だとされる国王は、まあよい、とうなずいた。

リーリエ国王都ペルレに燦然《さんぜん》と輝く、濃紺《のうこん》の国旗が尖塔《せんとう》にひるがえる〈銀花の城《ラルジャン・フルル》〉。

玉座から見おろせる大理石の床で片膝をついているのは、火の島杯の結果報告に来た十九名のリーリエ国騎士団員だ。団員の個人情報を秘匿《ひとく》するため、宰相《さいしょう》たる王太子や軍務卿《ぐんむきょう》など、数名の高位貴族の参列にとどめている。

上機嫌のオストカールは開口一番、満面の笑みで騎士団員に讃辞を贈った。八年前は一回戦で敗退した大会で上位四カ国入りを成しとげたこと。国家連合《リントヴルム》の転覆《てんぷく》を狙った反乱で中断されなければ、優勝すら狙えたやも知れぬと頰《ほお》を紅潮させた。

そして息子ラントフリートを手招きして前に出させると、惜しげもなく褒《ほ》めそやした。襲撃者から自身や臨席王族を守った功績。各国からは謝礼の使者が訪れ、我が身をかえりみず賊《ぞく》に立ちむかった勇敢《ゆうかん》な王子のいる国だと、リーリエ国の名誉をこのうえなく高めたこと——

「素晴らしい、いや素晴らしい！　わしもまったく鼻が高いぞラントフリート！」

「光栄に存じます、国王陛下」

「これもわしの薫陶《くんとう》のおかげだな！　そうは思わんかラントフリート！」

「仰《おっしゃ》るとおりです、国王陛下」

「例のあの……赤い石をとれぬおぬしは、競技場ではたいして役に立たぬと思ったがな！　忌《い》まわしい災禍《さいか》以来、世情が不安定になっておる。リーリエ国も平和だからと油断せず、流動的な情勢に対処できるよう、軍備を拡張すべきだ……と、宰相が申しておった。今後も国のため王家のため、精進《しょうじん》するがいいぞ！」

「御意《ぎょい》にございます、国王陛下」

髪油でととのえた金髪を形のいい額に流し、リヒトは折り目ただしい返答を口にする。

後方で片膝をつくトフェルが、なあ、あいつ変なものでも拾い食いしたのかよ、と傍らのオドにささやいた。微笑《ほほえ》んだオドの隣では王女ベアトリスが、白百合《しらゆり》の美貌《びぼう》に怪訝《けげん》な表情を浮かべて、義弟ラントフリートを後ろからのぞきこんでいる。

騎士団と息子をひとしきり褒めそやした国王は、細かいことは宰相からだと、左隣に立つ男性に視線をやった。

一礼して進みでたのは、リーリエ国の施政《しせい》を担《にな》う宰相アルベルト。陰気な顔立ちも性格も故王妃にそっくりだと評される王太子は、侍従長から国章の記された書面を受けとった。抑揚《よくよう》のない声で語りはじめる。

火の島杯の戦績に応じた報奨金《ほうしょうきん》の授与。礼典用勲章の進呈。国家騎士団の予算増額通知。次年度の新規団員加入を見すえた、ヴィント・シュティレ城の改修工事決定――

国を守る国家騎士団員の待遇はさまざまで、軍務卿のもとで常設軍をかねる国も、団員の家族の生活まで保償される国もある。比較的に平穏な内陸国ゆえの弊害《へいがい》か、リーリエ国騎士団の処遇は、手厚いといえるものではなかった。

それがまるで掌《てのひら》を返したような、突然の好待遇。

中年組は式典用のケープに似合わない強面《こわもて》を寄せあうと、マジかよ、なあ明日は朝から酒場に、いや娼館《しょうかん》を貸し切ってよ――などと目を輝かせる彼らの横では、一の騎士であるロルフが文字通りの騎士人形さながらに、微動だにせぬ姿勢で片膝をついている。

団長ゼンメルは両手を掲《かか》げて宰相から目録を受けとった。

慇懃《いんぎん》な謝辞をのべると、膝を折ったまま立礼《りつれい》をささげる。それを合図とし、団員たちがいっせいに右拳を左肩にあてた。

兄ロルフの隣で膝をついていたニナは、は、と我にかえる。恋人騎士リヒトに呆然《ぼうぜん》とそそいでいた青海《あおうみ》色の目を戻すと、ぎこちなく立礼をした。

宰相がうなずき、控えていた小姓《こしょう》たちが籠《かご》の花を散らせる。参列の貴人たちが贈る拍手が、王の間を晴れやかに染めていく。むせ返るような花の芳香《ほうこう》と、ドーム型の天井にこだますする礼賛《らいさん》の声。天窓から射しこむ陽光が、団員のまとう金糸を織りこんだケープを、真《しん》珠《じゅ》のように輝かせる。

絵物語のような光景の一員として頭をたれ、ニナはふたたびリヒトの様子をうかがっている。

野良猫から王子さまへ。

父国王に完璧《かんぺき》な礼節をつくす恋人騎士の姿——それは、初秋の出来事。

1

「は、じ、め、ま、し、て。国家連合《リントヴルム》監査部の〈クラウス〉と申します。本日はお時間をいただき、ありがとうございます」

リーリエ国騎士団の先の副団長は、人目をはばかるような小声でそう告げた。

木卓の対面に座るニナは、あ、えと、と戸惑いに瞳を揺らす。

火の島杯での事件について調査協力を願いたいと、国家連合から連絡がきたのは数日まえのこと。

国家連合の議長選にともない開催された火の島杯は、想定外の災禍に見舞われた。王侯貴族や国家騎士団が集まるテララの丘を標的とした、バルトラム国の王甥《おうせい》らによる硬化銀《ウルリル》製密造剣を用いた反乱。そして地熱の異変からの水蒸気噴火による、会場である円形競技場の半壊。

千人をこえる死傷者を出した、国家連合三百年の歴史のなかでも未曾有《みぞう》の災禍から、およそ三カ月。

最近では〈炎竜の事変《フラルドラーゴ・レペリオ》〉とも呼ばれているあの日の出来事については、火の島杯に参加したすべての国家騎士団が、報告書をすでに提出している。しかし反乱を企《くわだ》てた〈連中〉とニナは、ガルム国での〈赤い猛禽《プルート・フオゲル》〉の逃亡事件をはじめ、さまざまな形で縁があった。それを鑑《かんが》みての協力要請とのことで、ニナは約束の日時である今日、指定された場所を一人で訪れた。

国家連合職員との待ちあわせ場所は、リーリエ国の王都ペルレにあるカフェだった。仮入団のころに恋人騎士リヒトと初めて訪れた、焼き菓子が美味《おい》しいと王都の女性に人気の店。国家騎士団の情報の保護という観点から、外部のものと接触する際は、王都や近隣の街を利用することが多い。つい先日、キントハイト国騎士団副団長のユミルから頼んでいた書類を受けとったときも、大通りにある大衆酒場だった。

それにしても重大事件を調べている職員との待ちあわせ場所が、兄ロルフと買い物の帰りにお茶を飲んだりする、馴染《なじ》みの店だった偶然には意外な気持ちになった。そして窓際の丸卓についていた、長衣に垂れ布という司祭服姿の男性を見たときは、えっと思わず声をあげていた。

色づいた葉が路地の石畳《いしだたみ》を飾る晩秋。国家連合職員としてニナを待っていたのは、ほんの春先まで同じ軍衣《ぐんい》をまとっていた、先の副団長クリストフだった。

——いえ、でも、はじめまして、と仰《おっしゃ》いました。在団時のお名前ともちがいます。家族が狙われることを恐れて、騎士団員が本名とは異なる登録名にするのは珍しくないと聞きました。入団のときに確認した書類では、退団した団員とは街中で見かけても他人のふり、という趣旨《しゅし》のことが書いてありました。

ともかくは話を合わせるべきだろうと、ニナは想定外の再会へのおどろきをまずは収める。はじめまして、よろしくお願いいたします、と頭をさげた。

穏やかにうなずいた先の副団長〈クラウス〉は、ニナのぶんのハーブ茶と焼き菓子を店主に頼んだ。

午後の鐘が鳴ったばかりのカフェは、秋の甘味を楽しむ女性たちでそこそこの賑《にぎ》わいだ。焼き林檎《りんご》に葡萄《ぶどう》のクーヘン、南瓜《かぼちゃ》のプディングが、次々に丸卓へと運ばれていく。ニナの服装は、念のためにスカートに紐付きベストという普段着にしてある。お喋《しゃべ》りとお菓子に夢中な女性たちが、司祭と町娘に見えるだろう二人連れを気にかけている様子はない。

まもなくハーブ茶と栗のトルテが運ばれてきた。

店主が会釈《えしゃく》したとき、扉が開く鐘が鳴る。入店してきた金髪の青年に、いらっしゃいませ、と店主が歩みよるのを待って、クラウスは荷物袋から書類の束、携帯用のインク壺《つぼ》や羽根ペンを取りだした。

早速ですが、と断ると、紙束に挟んであった紙片をニナに手渡した。

「あの……これは？」

「〈メル〉からの手紙です」

「え？」

「あなたがテララの丘を出立《しゅったつ》する際に託した手紙と、帰国してから送付された三通の手紙に対する彼女の返事です。わたしは監査部として、メルの調査を任されています」

「メルさんの調査――」

ニナは思わず席を立ちかけた。

ハーブ茶の木杯が揺れ、あわてて動きを止める。なにごとかと視線を向けてきた周囲の客たちに頭をさげると、椅子《いす》に座りなおした。渡された紙片を見おろしてから、対面に座っているクラウスの様子をうかがう。司祭であった先の副団長は、穏やかな微笑《ほほえ》みを浮かべている。

――メルさんの返事……元副団長クリストフ……いえ、クラウスさんが、メルさんの担当……。

調査協力での呼び出しから一転、想定外の事態に混乱する。

火の島杯で反乱を企てた〈連中〉の仲間だった少女メル。

　南方地域への遠征で出会い、少女騎士として隊を組んだ彼女は、その実は〈連中〉の計画の邪魔になる有力騎士を調査し、抹殺《まっさつ》していた間諜《かんちょう》だった。メルはリーリエ国騎士団を探るためにニナに近づいた。情報を盗まれていたことで、火の島杯では兄ロルフが狙われる結果となった。

　事実だけあげればニナはメルに騙《だま》されていたのだけれど、〈モルスの子〉として特殊な教育を施《ほどこ》されていた彼女は、命令にしたがう以外の行動を知らなかった。それでも危険な場からニナを遠ざけようと、メルはニナの短弓《たんきゅう》を壊したり、〈連中〉の計画を明かしてくれた。彼女なりに守ろうとしてくれた。

　そんなメルを、意思のない人形としてつくりあげた〈先生〉という存在を探したい。そして〈連中〉の手足として犯してしまった彼女の罪を、少しでも軽くしたい。リーリエ国騎士団員として国の平和を優先するのは当然の義務だけれど、メルの助けとなることもまた、ニナ自身の大切な目標になっている。

　だけどこんな形で返事がもらえて、しかも調査を担当しているのが先の副団長だとは思わなかった。国家連合職員になったのは知っていたが、医術に明るかったことから、審判部の医療係になっているのかと思っていた。

戸惑いもあらわなニナに対して、クラウスは苦笑する。

「そんなに身がまえられると困ってしまいます。あなたからの手紙と同じく、中身はあらためさせていただきましたが、確認する必要のある内容ではなかったので」

ニナが首をかしげると、ともかくどうぞ、とうながしてくる。

小さく頭をさげて、ニナは紙片を慎重に開いた。

目に飛びこんできたのは、中央に書かれたそっけない一文。


『　ニナの手紙、ちゃんと届いた。

メル　』

「――え？」

ニナは青海色《あおうみ》の目をまたたいた。

真っ白い紙にぽつんと記された数個の文字をじーっと見る。

──これだけ？

ふと思いついて裏面をのぞきこんでみたけれど、なにもない。困惑に視線をさまよわせていると、クラウスが、わたしも同じことをしました、と眉尻《まゆじり》をさげた。

はあ、と、ニナは正直なところ拍子抜けする。それでも自分が最初に渡した手紙で、届くかどうか不安な気持ちをつづったことを思いだした。

テララの丘を出立する直前、祈るような思いで担当の医療係に手紙を託した。帰国してから三度手紙を出して、郵便物の配達を担《にな》う連絡役貴族が団舎《だんしゃ》を訪れるたびに、返事はないかと玄関ホールに走った。

早春ごろに交代した連絡役貴族は、ニナを料理婦見習い扱いした前任者とさして変わらず、丁寧《ていねい》だが淡々としている。事務的に首を横にふられつづけて、メルに渡してもらえなかったのか、彼女になにかあったのか、いや冷静に考えたら自分は返事をくださいと書かなかったと、うじうじ考えていたのだけれど──

──ちゃんと、届いたんですね。

ニナは紙片に記された文字を指先でたどった。最後に見たメルの微笑みを思いだして、自然と潤んだ目をこする。

よかった。本当によかった。メルの返事を胸に抱えこみ、クラウスに向きなおる。ありがとうございます、と頭をさげた。

なんだか気恥ずかしくなり、ハーブ茶をかたむける。思わぬものを渡されて動揺《どうよう》してしまったけれど、今日は私的な理由でこの場にきたわけではない。

ニナは木杯を置くと、気を取りなおして問いかけた。

「あの、それで、調査協力、というのは?」

「これがそうです」

「え?」

「メルの返事をあなたに渡した。これが、国家連合があなたに求めている、調査協力です」

クラウスは落ちついた声で答える。

メルの手紙を自分がもらうことが、なぜ、調査への協力になるのだろう。意味をはかりかねるニナに対して、クラウスは周囲を軽くうかがうと、切りだした。

「正義と死の女神モルスの名を冠した、反乱軍の一味である〈モルスの子〉。調査と抹殺に関与していたという彼らのなかで、国家連合が捕縛《ほばく》したものはおよそ二十名。反乱の詳細を解明する重要参考人として聴取をすすめてきましたが、まともに対話ができるのは、メルだけなのです」

「メルさんしか対話できない……。えと、それってどういう?」

「特殊な教育を施された彼らは、捕縛されたときの対処も仕込まれていたのでしょう。主人を守るための、自身の始末と情報の攪乱《かくらん》。壁に頭を打ちつけるものも、首をくくろうとするものもいました。彼らを指導したという〈先生〉についても、年齢に顔立ちに身体的特徴。全員の証言がちがうのです」

表情を曇らせ、クラウスはつづける。

「それでもバルトラム国理事館職員の証言から、〈黒髪で口髭《くちひげ》のある外套《がいとう》姿の男〉が、王甥《おうせい》レミギウスの執務室を頻繁《ひんぱん》に訪れていたとの証言は得ています。おそらくそれが〈先生〉だと思われますが、反乱後に収容された身元不明の遺体のなかに、似たような男は複数いました。特定にはいたらず、国家連合のなかには〈先生〉の存在自体が、情報を攪乱するための虚言ではないかと疑うものまで……」

「待ってください。〈先生〉は本当にいました。メルさんは〈先生〉に怒られるのが怖くて、嫌いな役目をずっとさせられてきて」

ニナは反射的に声を大きくする。

付近の客たちが、ふたたび顔を向けてきた。

けれど折良く、奥まった席の金髪の青年が、すみませーんと、もっと大きな呼び声をあげる。カウンターに並んでる焼き菓子、ぜんぶ三個ずつ追加で、と店主に片手をふった。

上品で端整な見目に似合わぬ健啖家《けんたんか》ぶりに、女性たちの視線がそちらに移動する。

　非礼を恥じるように肩をちぢめたニナに、クラウスは微苦笑した。

「誤解なさらないでください。〈先生〉と思われる人物に、とある強国の副団長が襲撃された件も耳にしています。わたし個人は虚言とは考えていません。ただ現在の国家連合に、すべての事態に対応する余裕はない。あなたも、おおよそは耳にされていると思いますが……」

　憂慮《ゆうりょ》をこめた言葉を受け、ニナもまた、はい、と表情を曇らせる。

　国家連合の状況については、団長ゼンメルからある程度は聞いていた――内部のものしか知りえないような情報も入っていたことを考えれば、監査部クラウスを名のる、目の前の先の副団長クリストフがその出所なのだろう。

　主な事象だけでも、今年度中の四地域杯と裁定競技会の中止や、議長選の延期。半壊した円形競技場の再建工事に、失われた職員の確保。

　上層部の動きとしては、警備部長が侵入者を防げなかった責任をとる形で交代となった。また反乱との関与が疑われた、クロッツ国理事である審判部長が失脚した。火の島杯のまえに〈連中〉による襲撃で、有力騎士を傷つけられた国家騎士団の一覧表が、執務室の机から見つかったのだ。

審判部長は潔白を主張したものの、負傷した団員の怪我《けが》の程度まで把握《はあく》できるのは、襲撃の犯人以外にありえない。そしてクロッツ国騎士団の対戦相手はすべて、有力騎士を失い総合力の落ちた国家騎士団だった。自国の勝利のため、情報を得る見返りに反乱の一味に便宜《べんぎ》を図ったのではないか──審判部長は結局、テララの丘を去ることになった。

現在の国家連合は、三選した現議長が采配《さいはい》をふるっている。反乱を奇貨《きか》として慣例にない三選を果たした現議長だが、未曾有《みぞう》の災禍《さいか》への対応は重責なのだろう。議長選の有力候補であった法務部長に議長職移譲《いじょう》を打診《だしん》し、国家連合憲章に規定がないことを理由に断られたと伝え聞く。

「あのような反乱を二度と起こさせないために、詳細を調査することは必要です。しかし災禍で国王を失った国の内紛などから、南方地域では小競《こぜ》り合いが散発しています。ぼやが大火にならぬよう、国家連合が制裁的軍事行動を実施できる力を取りもどすことが、最優先なのです」

クラウスは言葉をつづける。

「反乱の全容を調査するのに余力が割《さ》けぬなかで、一味の中枢《ちゅうすう》にいたモルスの子の証言は貴重です。しかし先ほどお話ししたとおり、特殊な教育を受けた彼らは通常の対応ができる状態ではない。……〈メル〉も最初は、飲食を拒否して衰弱していたのです」

「メルさんが……衰弱……」

「はい。捕縛されてからずっと。それがあなたからの手紙を受けとったことで、食事をとるようになりました。国家連合に対する敵意は根深いですが、〈手紙を届けたわたし〉と、最低限の会話は成立しています。ですのであなたには定期的に、彼女と手紙のやりとりをしていただきたい。それが国家連合が要請したい、調査協力です」

「あの、クリスト……クラウスさん、それはつまり、メルさんから証言を得るために、彼女と文通をしてほしい、という意味でしょうか」

ニナは、はっきりと眉をよせた。

メルが自分の手紙を読んでくれて、それがきっかけで食事をするようになったならば嬉しい。だけどそれではまるで自分とメルの親交を、利用するようなことではないだろうか。

そんな感情が顔に出ていたのだろう。クラウスは穏やかな表情ながら、有無を言わさぬ口調で告げた。

「そうです。国家連合としては、あなたとメルの交流を証言を得るための〈手段〉としたい。聴取はまだ途中ですが、彼女によって殺傷された被害者は、おそらくは一人、二人ではありません。モルスの子として反乱に加担した彼女は、まちがいなく重罪人です」

ニナは息をのむ。優しく博識で、団員の体調の変化に気をくばり、薬湯を煎《せん》じてくれていた先の副団長。そんな彼の厳しい言葉に、正直なところおどろいた。

――だけど。

渡されたメルの返事を見おろしたニナは、唇をきつく結ぶ。

クラウスの対応は当然だ。メルが罪を犯したのは事実で、国家連合には国家連合の正義もあるだろう。

ニナがメルに手紙を出したのは、ただ気持ちを伝えたかったからだ。彼女が心配で様子が知りたかった。それを利用されるのは内心複雑だけれど、見方を変えればその価値のあるうちは、メルの安全は約束されるのではないだろうか。

帰国して二カ月が過ぎたが、〈先生〉の捜索はいまだ手探りの状態だ。ゼンメルは捜索の許可こそ与えたが、実現可能性が低い以上は騎士団の公務にはできないとして、助言めいたものは口にしなかった。〈先生〉に襲撃されたらしいユミルもまた、目撃情報と自身の傷の詳細を記した報告書のみをニナに与えた。ぎょっとするほど分厚い紙束に、小言《こごと》と愚痴《ぐち》をおまけにつけて差しだし、帰国していった。

メルの処遇が気になって、国家連合への反逆罪については団舎《だんしゃ》の書庫で勉強した。軽微な罪でも焼印をおされて、採掘場での苦役刑《くえきけい》や死刑が科される。見える神に背いた過去の罪人の末路を、ニナはすでに学んでいる。

──そうです。〈先生〉が確実に見つかる保証がない以上、自分でできることなら、どんなことでもすべきです。

わかりました、と承知したニナに、クラウスは軽く目を見はった。

やがて小さく息を吐く。では、と断って、荷物袋から四女神《デア・ファアトス》が装飾された書筒《しょづつ》を取りだした。

国家連合への郵便物は所属国の理事館宛《あ》てに送付し、仕分けされてから審判部や警備部などの各部署に送られる。仲介者が多いぶん時間がかかるのだが、専用の書筒を使うとクラウス本人と直接やりとりができる。また自国からだけでなく、各国の配達人を介しても送付が可能とのことだった。

返事を書くならこの場であずかりますが、と問われ、ニナはうなずいた。

紙と羽根ペンを借り受けたところで、クラウスをちらりとうかがう。冷静に考えたら人前で手紙をしたためるのは気恥ずかしい。だけど検閲《けんえつ》されるなら同じことかと思いなおしたところで、はた、と気づく。

──わたしがメルさんに送った四通の手紙、もちろん読まれているんですよね。

とたんに顔が赤くなる。

逃走や反乱をそそのかすような、不穏な内容は書いていない。だけど寂しいとか会いたいとか、メルのことを夢に見たとか——あれをぜんぶ。

気まずい思いで羽根ペンをにぎるニナの姿に、クラウスは小さく笑う。

どうぞ遠慮なく、と、携帯用インク壺《つぼ》の蓋《ふた》をあけた。

「メルは表情にこそ出しませんが、あなたの手紙をとても喜んでいます。紙がすり切れるくらい持ち歩き、そらんじるほど、くり返し読んでいます。ですのでまえのような、熱烈な恋文でもかまいませんよ？」

「ね、熱烈。こ、こいぶみって」

あわてて首をふったとき、奥の机に座っていた金髪の青年が椅子《いす》を鳴らして立ちあがった。

店内の視線がいっせいに向けられる。青年は、ああいや、そのね、と頭をかいた。余所《よそ》行《ゆ》きの微笑《ほほえ》みを浮かべると、卓上のトルテを三切れまとめてほおばった。

ニナは結局、クラウスがハーブ茶を二回お代わりするくらいの時間をかけて、メルへの返事を書いた。

たしかに、と受けとったクラウスは、追加の質問として、メルがニナに〈連中〉の計画を明かした日の詳細を確認した。話の内容や城下で遭遇《そうぐう》した場所と時間帯。形式的なものとのことで、とくに問題なく終わった。

会計をすませた二人は店の外へと出る。

扉をあけるなり紅葉した銀杏《いちょう》の葉が、秋風とともに目の前を横切った。季節は十月の末。温順な気候のリーリエ国でも、そろそろ上着を冬物に替えるころだ。

外套《がいとう》をまといながら大通りまで歩いたところで、ニナは辞去の挨拶《あいさつ》をのべて頭をさげた。テララの丘から来たクラウスは北門近くの厩舎《きゅうしゃ》に、団舎から来たニナは南門近くの厩舎に、それぞれ馬をあずけている。

フェルト帽をかぶったクラウスは、己の腹ほどの位置にあるニナを見おろした。

少し迷ってから、口を開いた。

「……変わられましたね」

「え？」

「仮入団のころとは別人のようです。メルとの交流を利用されること。国家連合の思惑を理解して、それでも彼女の身の安全のために、いまできる最善を選択された。説得も懐柔《かいじゅう》も恫喝《どうかつ》も、必要ありませんでした」

恫喝、とおどろいたニナに笑いかけて、路地を振りかえる。土産物《みやげもの》らしい紙袋を手に、カフェの扉から出てきた金髪の青年を見やると、しみじみと目を細めた。

「兜《かぶと》の飾り布のようについて歩いていたのに、競技会を見守る審判部くらいは離れるようになりましたね。……すみません、いまのはぜんぶ独《ひと》り言《ごと》です」

クラウスは手を胸のまえで動かして、司祭としての祝福をニナに与えた。

北門に向かって去っていく後ろ姿に、ニナはあらためて深々と頭をさげる。ほっと緊張を解くと、おもむろに振りかえった。ニナとクラウスにつづいてカフェを出てきた金髪の青年――リヒトは、とくに悪びれる様子もなく歩みよってくる。

「あれ、ばれてた？」

小首をかしげると、長毛種の猫のように不揃いな金髪が揺れた。

――ばれていたもなにも。

ニナはなんとも言えない気持ちで眉尻《まゆじり》をさげる。

国家騎士団の駐屯地《ちゆうとんち》である、団舎ことヴィント・シュティレ城を出たのは昼の鐘が鳴ったころ。リーリエ国騎士団員として、競技場では〈弓〉であるニナの〈盾〉を受けもつ恋人騎士は、厩舎で馬の準備をするニナの隣で馬具をととのえていた。

声をかけてくるわけでもなく、ニナが視線をやれば明後日《あさって》の方を向く。そして〈迷いの森〉を迂回《うかい》して王都の南門に入り、馴染《なじ》みの厩舎に馬をあずけるニナの隣で、やはり鼻歌まじりに馬の背中をなでていた。

メルの罪を軽くするために、彼女の〈先生〉を捜索したいということは、すでにリヒトに伝えている。

蒼白となった恋人騎士は自室に閉じこもったのち、夜なべしてつくったという誓約書を差しだしてきた。自分はニナの意思を尊重して〈見守る〉こと、ただし安全のために守ってほしい注意事項があること。

リヒトの過度な心配性はじゅうぶんに知っている。疲れた顔でじっとりと見すえられ、ニナはあわてて分厚い紙束にサインをした。

けれど蓋《ふた》をあければ、リヒトの〈見守る〉は概念《がいねん》的なことだけでなく、文字通り〈見て守る〉こともふくんでいた。外出したときに、リヒトが通行人や風景の一部になっていることは、今日がはじめてではない。また誓約書にしても、〈夕の鐘のあとは外出しない〉や〈馬車と迷子に気をつける〉はともかく、〈露出度の高い服装は避ける〉や〈男性に声をかけられたら無視する〉は、いささか趣旨《しゅし》が異なる気もした。

リヒトは口が達者で頭の回転も速い。一方のニナは言葉がつまる癖がなかなか抜けず、回答までにも時間がかかる。ほかの団員たちに気の毒そうな目で見られた、一日七回の恋人らしい触れあい――〈その手〉の約束にしても、なんだかよくわからないうちに誘導さ

イラスト／六七質

ゼンメル

リーリエ国騎士団の
老団長。知的で
思慮深く、ニナの存在
にも理解を示す。

トフェル

リーリエ国
騎士団の団員。
丸皿のような目が
特徴的。ニナをしょっちゅう
からかう陽気な騎士。

メル

ニナが南方地域で出会った、
意思を持たない人形のような少女騎士。
「先生」と呼ぶ人物の指示に従い、
〈炎竜の事変《フラルドラーゴ・レベリオ》〉と呼ばれる惨事に関わっていた。

ベアトリス

〈金の百合《ゴルト・リーリエ》〉と呼ばれる
リーリエ国の王女。
勇敢な女騎士で、
リヒトの異母姉。

イザーク

キントハイト国騎士団の団長。
〈黒い狩人《シュバルツ・イエーガー》〉と呼ばれる、
現在の破石王。

れて、リヒトの都合の良い形におさまっている。

——ですがここまで堂々と見て守るなら、普通に同行しても変わらない気がします。

そんなふうに見あげてくるニナの内心を察したか、リヒトは視線をそらした。

頬《ほお》を指先でかくと、ばつが悪そうに苦笑する。

「国家連合から調査依頼って聞いて、〈あの子〉のことかなーって。でもそれは、いちおうニナが対応すべきことだからね。形式的でもなんでも、おれが邪魔しちゃ駄目でしょ」

「リヒトさん……」

「だけど〈ラントフリート〉の用事がつづいてて、団舎に戻ったのも二日ぶりだし。ニナだって砦《とりで》への伝令役とか、ゆっくりできなかったでしょ。がんばったご褒美《ほうび》に、王都をいっしょに歩くくらい、いいかなって？」

ね、とねだられ、ニナはややあって、はい、とうなずいた。

たしかにこのところ、リヒトと弓の的打《まとう》ちをする時間もないくらい忙しかった。それもすべて、火の島杯の余波だった。

情報の錯綜《さくそう》にまつわる人心不安や、国家連合の揺らぎに乗じた各地の軍事蜂起《ほうき》。中央火山帯に近いリーリエ国は、先に帰国した副団長ヴェルナーから報告を受けるなり、〈連中〉の残党にそなえて国境の警備を厚くした。騎士団員も伝令や応援に追われ、団舎に全団員が集まったのは九月下旬《げじゅん》になってから。ハンナの料理で慰労会《いろうかい》をやったのもそこそこに、現在は軍備増強の指針のもと、来年度からの新団員加入のための準備に追われている。

そんな多忙な日々での、久しぶりの二人の時間。

西日が赤く照らす大通りを、ニナとリヒトは並んで歩く。

この秋はじめての栗のタルトが美味《おい》しかったことや、昨日の夕方に木枯《こが》らしが吹いたこと。他愛《たわい》もないことを話しながら歩いていると、リヒトが不意に足を止めた。

視線の先にニナが目を向けると、雑貨屋の陳列硝子《ちんれつガラス》に自分たちが映っている。なにか欲しいものでもあるのかと思ったニナだが、リヒトは品物ではなく、硝子に映るニナを見ている。

「……ほんと、大きくなったよね」

「え？」

「元副団長……じゃなくて、さっきの国家連合職員さんじゃないけど、仮入団のころと別人だなあって」

ニナは、あ、という顔をした。自分の頭に手をのせると、青海色《あおうみ》の瞳を輝かせる。

「はい。この一年半で背丈がのびたんです。ほんの少しですけど、リヒトさんを見る角度が変わりました。鎧下《よろいした》の袖も短くなって、腰もだぶつかなくなったんです」

弾んだ声を耳に、リヒトは目元を緩《ゆる》ませる。

「背丈もそうだけど、それだけじゃなくてさ。……あのころはおれの後ろに隠れて、自分なんか駄目だって下向いてばかりで。だけどいまは、バルトラム国との対戦から逃げなかったくらい、強い騎士になったし。〈あの子〉の力になりたいって、国家連合に一人で対応できるほど、立派になったんだなあって」

「あの、い、いえ。そんなことは」

「あるって。だっていまは正直、ニナがおれの恋人じゃなくて、おれがニナの恋人って感じだもん。だからもっと、強くなったニナに恥ずかしくないように、おれも強くならないとな、ってさ」

リヒトはしみじみとそう告げる。

どう答えていいかわからず、えと、と口ごもったニナの頰に手をのばした。固い剣だこで傷をつけないよう、そっとなでる。

優しいまなざしに、ニナの胸が甘く鳴った。

「……無自覚につけこんだ力業《ちからわざ》でそういう流れに持ちこんでるけど、将来のことは正式に返事をもらわないと。それにはまずおれ自身が、申し込める〈おれ〉にならないと、駄目でしょ」

「そういう流れ……正式な返事？」

「あ、ああいや、うん。そう……そうだよ王籍離脱の返事。遅れてたけど来月には、兄宰《あにさい》相《しょう》からの返答がもらえるらしいから」

あわてた様子で首を横にふり、リヒトはニナの顔から指先を離す。誤魔化《ごまか》すような苦笑いを浮かべて、頭をかいた。

リヒトが庶子《しょし》としての〈ラントフリート〉の地位を返上する件については、火の島杯終了後に返事がもらえるはずだったが、災禍《さいか》の影響で遅延していた。それでも諸外国の事例を参考に、病気療養を理由として、断絶している子爵家を再興する形での離籍が検討《けんとう》されている。

大通りの方から不意に怒声が聞こえてきた。

二人が顔を向けると、道の端でとまっている馬車が見える。華やかな装飾の荷台はかたむき、御者の青年が後部車輪のそばに屈んでいる。

どうやら石畳《いしだたみ》の凹《へこ》みで車輪が破損してしまったらしい。窓から顔を出した貴族風の男性が、なにをしている、夜会に遅れるではないか、と怒鳴っている。苛立《いらだ》ちもあらわな剣幕に、行きかう街民も街路樹の下にたむろする主婦たちも、近づこうとはしない。

焦った表情で車輪を調べる御者と、早くしろ、とわめき立てる男性。リヒトは眉根をよせたが、ふーっと息を吐くと、気を取りなおしたように言う。

「……通行の邪魔になってるし、国家騎士団員としては対処すべきだね」

これお願い、と、焼き菓子の袋をニナに手渡した。

リヒトは馬車に走りよると、御者の青年に声をかけた。

腰を落として状態を見るリヒトの外套《がいとう》がまくれて、着古した普段着のブリオーがあらわになる。荷台の貴族が、なんだおまえは、城下の車大工か、と問いただした。そんなところです、と微笑《ほほえ》んで馬車の下をのぞきこんだ恋人を、雑貨屋の前で紙袋を手にしたニナはじっと見つめた。

——仮入団のころと別人だなあって。

先ほどのリヒトの言葉を思いだす。そしてあらためて感じた。出来そこないの案山子《かかし》だった当時と比べれば、自分はたしかに変われたかも知れない。だけど別人のようになったというなら、むしろリヒトではないか、と。

リヒトは以前より、王族や貴族といった存在が嫌いだと公言していた。苦労の末に亡くなった母親のことはもちろん、庶子としての難しい境遇も耳にして、火の島杯では実際に父国王を忌避《きひ》する姿を目にした。けれどその火の島杯を契機に、リヒトは変わった。

——もったいないお言葉です。国家騎士団として、当然の責務を果たしたまでのこと。

結果報告に登城した〈銀花の城《ラルジャン・フルル》〉。初めての王城でがちがちに緊張していたニナの目の前で、リヒトは父国王に完璧《かんぺき》な礼節で振る舞った。それだけでなく王子として、火の島杯の功績を讃《たた》える夜会の招待を受けたり、諸外国からの謝礼の使者に対応するようになった。

リヒトは火の島杯で、迷いながらも臨席の王族を襲撃者から助ける道を選んだ。その過程でなにか、心境の変化にいたる出来事があったのかは知らない。けれどリヒトの行動は、あのときのニナが想像した以上に周辺諸国の平和に寄与した。各地域で紛争の火種となり得る武力衝突が相次いでいるなかで、西方地域が大過を逃れているのは、王家に揺らぎが生じていないからだ。

したがってリーリエ国の王子ラントフリートの名は、称賛とともに広まっている。社会的な不安が高まるなかでは、武勇にすぐれた王族の存在は人々に安心をもたらすのだろう。ニナが伝令として赴《おもむ》いた国境沿いの砦《とりで》でも、賊《ぞく》から国王を守った勇敢《ゆうかん》な王子として、好意的な評判を耳にした。

騎士団員として恋人として、リヒトが認められるのは嬉しい。不遇であっただろう幼少期を思えばなおさらだ。それはまちがいなくニナの本心ではある——のだけれど。

中央広場の聖堂が夕の鐘を鳴らした。

壊れた馬車に乗っている男性が、〈銀花の城〉への滅多《めった》にない招待なのだぞ、とふたたび怒鳴る。平身低頭《へいしんていとう》する御者の姿に、車軸を確認していたリヒトが周囲を見まわした。王城方面へと向かう馬車に手をあげると、すみません、と走りよっていく。

牽引馬《けんいんば》が前脚をあげてとまり、なにごとかと荷台のカーテンをずらした女性が、あわてて窓をあけた。これは王子殿……は、はい、ご身分は内密に、そうでしたわ申しわけありません。ええ、これから夜会に――

リヒトは羽根扇《はねおうぎ》で口元を隠した女性としばらく話すと、かたむいた馬車に駈けもどった。あちらの侯爵夫人に同乗の許可をいただきました、と告げて、ぽかんとしている男性を夫人の馬車へと誘う。頭をさげた御者の青年に、修理業者の場所を説明すると、雑貨屋の前にいるニナのもとに戻ってくる。

形のいい額に軽く汗を浮かべて、ごめんね、お待たせ、と苦笑したリヒトを、ニナは眩《まぶ》しいものを見る目で眺めた。テララの丘で父国王に見せた冷淡な態度や、話の途中で身をひるがえして、木立のなかで膝を抱えていた姿が脳裏《のうり》をよぎる。

変わることができる――は、ニナにとって魔法の言葉だ。

昨日できなかったことができる今日が、悪いはずがない。それを考えれば不思議なのだけれど、王子として振る舞うようになったリヒトを見ていると、嬉しさと同時に寂しいような気持ちになる。着飾った貴人と如才《じょさい》なく対応するリヒトが、遠くなった感覚がする。

リヒトは貧弱なチビだったニナに手を差しのべて、立ちあがらせてくれた存在だ。騎士として対等になりたくて、早足ならばどうにか隣を歩けるようになった。だけど気がついたら、十歩も二十歩も先にいるリヒトの背中を、ぽつんと眺めているような気持ちに。

——地域の情勢も騎士団の立場も、火の島杯で多くのことが変わりました。事件は解決したのに火の島自体が、なんだか別の道筋に入ってしまった気さえします。そんな漠然《ばくぜん》とした不安の影響でしょうか。

平穏な王都ペルレとて、少し注意すれば城下の見回りをしている兵士の姿に気づく。各地で紛争が起こったことで、防衛のために雇用された騎士団が移動する光景も目にするし、武具を扱う屋台も以前より増えた気がする。

焼き菓子の紙袋を抱きしめるニナの腕に、自然と力が入った。

ぼんやりしていると、自分を見おろすリヒトの顔が近づいてくる。視界に影がかかったと思ったとたん、額に柔らかい唇の感触が落とされた。

ニナは、はっと我にかえる。長身を折ったリヒトの外套が流れて、あわてた顎先《あごさき》をそっとかすめた。

ニナの額から、優しい音を残して唇を離したリヒトは、とくに悪びれもせずに言った。

「だいじょうぶ。ニナが小さいおかげで、通りからは見えないから。……たぶん？」

「た、たぶんって」

「でも見られたって、別にいいじゃない。恋人同士が気持ちを分けあうなら、街の人も知らんぷりがお約束でしょ。……なんかちょっとしょんぼりして見えたから、愛情の〈補給〉が必要な時間帯かなーって思って」

内心を見透かしたような言葉に、ニナの胸がどきりと鳴る。

リヒトは紙袋を受けとった。甘い匂《にお》いのお土産《みやげ》を左腕で抱えると、じゃあ帰ろっか、と右手をニナに差しだす。

優しい笑顔を向けられたニナは、はい、とリヒトの手をとった。

王子さま然とした容貌《ようぼう》には不釣り合いな、固くてごつごつしている騎士の手。温かく包みこまれたニナの胸を安堵《あんど》が満たした。

騎士団員として王子として、互いの役目を優先するのは当然だ。けれど隣を見あげればそこにいて、いっしょの場所に帰れるのはやはり嬉しい。

そんなふうに思いニナが歩きだした、そのとき——

「——っと！」

リヒトが唐突《とうとつ》に、ニナの手を離した。

体勢を崩したニナの目の前に、大きな背中が壁をつくる。リヒトの外套が風に舞った。

ひるがえった厚布の少し先を、数頭の騎馬が走りぬける。

方向は南の大門から王城方面へ。

よほど急いでいるのか、馬蹄《ばてい》をとどろかせて石畳を疾駆《しっく》する一群に、きゃ、うわ、と通行人があわてて道をあける。

ニナを背後にかばったリヒトは、あっぶな、と眉《まゆ》をひそめた。

馬影に視線を投げると、怪訝《けげん》な顔をする。

旅用外套をまとった先頭の騎手は水色の旗を掲《かか》げている。数頭の馬体はすべて、同系色の馬着で包まれている。各国が緊急時に放つ急使だ。

素性《すじょう》をあらわす旗の紋章は、水色に三つの錨《いかり》。

「シレジア国の早馬？　なんだってまた……」

リヒトのつぶやきを耳に、ニナは大通りの先に顔を向けた。

秋風が吹いて、紅葉した葉がざっと流れる。

薄暮が世界を満たすなか、異国からの使者はなにかを分かつように、通行人のあいだを突っきっていった。

「……待って、なにそれ？」

「ですので宰相閣下は、返答を保留する、とのお言葉を伝えよ、と」

「ねえ、まえの手紙では、今月には王籍離脱の正式な返答がもらえるはずだったよね。そりゃあ火の島杯の影響で、兄宰相の仕事量が増えてるのはわかるよ。おれだって私的な要求を、公務より優先してほしいなんて言わない。だけど願いでたのは今年の二月で、前例がないだ体面がどうのって待たされて、もう半年以上に――」

思わず声を強めかけて、リヒトは、は、という顔をした。

王都ペルレ近郊。国家騎士団の駐屯地《ちゅうとんち》である、団舎《だんしゃ》ことヴィント・シュティレ城の食堂。

長机の対面に座る連絡役貴族は、静かに目を伏せている。

同じ音色ながらのんびりと聞こえる、午後の鐘は先ほど鳴った。公式競技会の予定もなく、通常であれば昼食後の団員たちがくつろいでいるだろう食堂は閑散《かんさん》としている。

団長ゼンメルは国家連合の依頼で、バルトラム国の硬化銀鉱脈の調査へ。王女ベアトリスは外務卿《がいむきょう》として、オドら数名の団員を供に、火の島杯で王族を失った国への弔意《ちょうい》訪問中だ。

留守居をあずかる副団長ヴェルナーは、団旗が壁面を飾る前の長机で事務仕事。暖炉《だんろ》に近い一角では、中年組がダイス遊びに興じている。料理婦ハンナとニナは、団舎の改修工事に入る職人のための食器をそろえに、調理場の奥の倉庫へと入っている。

ヴェルナーがちらりと視線を向けてきたのに気づき、リヒトは、ああ、いやちがうの、と首を横にふった。

額にかかった金の髪をかきあげる。頭を手でおさえたまま、にこりと笑顔を浮かべた。白百合《しらゆり》紋章の記された数枚の書類と、脇に転がる銀製の書筒《しょづつ》を見おろした。

「ごめん、大きな声だして。今日こそ返事がもらえるって期待してたから、予想外の展開でびっくりしてさ。……兄宰相の返答は〈国家連合が落ちつくまで保留〉で、ここに書かれてる役目を〈ラントフリート〉として引き受けるように、ってことだよね」

「御意《ぎょい》にございます」

「……即答だね。なになに……軍務卿の補佐で常設軍の訓練参加、北東に新設する砦《とりで》候補地の視察、中央火山帯の街道警備についての協議……へえ、ずいぶんあるんだね。つづいてシレジア国の代理競技の立会人……って、これは?」

「国王逝去《せいきょ》にともない、新王を選ぶための代理競技が決定したと。つきましては西方地域の各国に、結果を見届ける立会人を願いたい、との要請です」

リヒトは思いだした顔をする。

もしかして先月末に王都で見た急使が、とたずねると、連絡役貴族は、はい、とうなずいた。

「シレジア国王マルヴァルト陛下は後継をさだめぬまま急逝され、国王の遺児マルセル殿下と、国王の兄マクシミリアン公それぞれが、自身が後継だと主張されていると。軍事衝突を避けるために、互いに己の意思を託す代騎士団を戦わせて、勝者を次代の国王に決する、とのことです」

「ああ……そっか。たしか代理競技って、国家連合の関与できない、国内での問題を解決する裁定競技会みたいなやつだっけ。……うん？　この往復だけで半月以上はかかる長丁場のお役目、マルモア国の特使と同行って記載があるけど、どういう意味？」

「マルモア国では反乱の残党が国境付近を荒らし、治安維持に腐心《こうりよ》しているそうです。国家騎士団も余剰《よじよう》が割《さ》けぬなかで、道中の安全を考慮した友好国としての協力だと。同国の立会人はヴァーゼ侯爵家令嬢エリーゼ姫。マルモア国王の妹を母君とされる御方で、故シレジア国王の婚礼に参列された縁により……」

「ちょっと待って。母親が国王の妹ってことは、その姫君って頭のなかに砂糖まみれのクーヘンが……じゃなくて、西方地域杯の前夜祭がきっかけで、〈ラントフリート〉と縁談話が出た姫ってこと？」

問いただしたリヒトに対して、連絡役貴族は、御意にございます、と慇懃《いんぎん》に答える。

ぎごちない沈黙が流れた。

様子をうかがっていた副団長ヴェルナーは、羽根ペンを動かす手を止める。

留守居をあずかる責任者として、先ほどからさりげなく聞き耳をたてていた。無言で見合っている二人の姿に、件《くだん》の縁談話が持ちこまれたときの、恫喝《どうかつ》まがいの言葉を口にしたリヒトを思いだす。

ヴェルナーは念のためにと周囲を確認した。しかし長椅子《ながいす》の中年組は、面倒ごとは副団長の仕事だとばかりに、気づかぬふりでダイスを転がしている。窓の先、裏庭で打ち込みをするロルフの大剣は、我関せずと秋の陽に輝いている。左手首の骨折が完治した一の騎士は、このところ療養で衰えた左腕を戻すのに余念がない。改修工事ついでに不要品処分を指示したトフェルは、指示するなり隠し扉の向こうへと消えている。

そんな状況を知ってか知らずか。すべての書類に目をとおしたリヒトは、目頭《めがしら》をおおった。

内心の感情をおさえるように、ふーっと大きく息を吐く。

うん、うんそうだねなんて言ったらいいかな、と、疲れた表情を連絡役貴族へ向けた。

「……文句を言うまえの希望的な質問だけど、この鞭《むち》を打たれた馬車馬《ばしゃうま》みたいに団舎に帰れない、面倒で神経を使いそうなお役目をぜんぶ片付けたら、ご褒美《ほうび》として〈保留〉が〈承諾《しょうだく》〉になったらとか……って、なに、まだあるの？」

「宰相閣下から王子殿下への贈り物です」

連絡役貴族が小さな箱を差しだした。

街民が使いそうな素朴《そぼく》な木箱。王子のお好きなものだそうです、と申しそえられ、リヒトは怪訝な顔をする。

木箱を手にすると、あけるなり眉をひそめた。

「……いや、なにをかんちがいしてるのか知らないけど、父王陛下じゃあるまいし、おれ宝飾品には興味ないよ。しかもこれ、おれにはぜんぜん小さいじゃん。青海色《あおうみ》の石は綺麗《きれい》だけど、これが入る指なんて――」

そこまでつづけて、リヒトは息をのむ。

大きく見ひらかれた新緑色の瞳。顔色を変えて椅子から腰を浮かせたとき、調理場の奥から木皿の山を抱えたハンナと――やはり木皿を運ぶニナが出てきた。ふらふらするんじゃないよ、そんなんじゃ一人前の料理婦になれないよ、とのハンナの叱咤《しった》に、すみません、とのニナの声が返る。

連絡役貴族は調理場の方をちらりと見た。

呆然《ぼうぜん》としたリヒトの耳に、ダイス遊びをしている中年組の、ああおれ詰んだわ、との嘆《なげ》き声が聞こえた。

リヒトは、ゆっくりと椅子に座りなおす。

木箱の蓋《ふた》を静かにしめた。にこりと綺麗な笑顔を浮かべて、連絡役貴族に向きなおった。

「……おどろいちゃった。だってほら、宰相閣下がおれの好きなものを知ってるなんて思わなかったから。もしかしておれのこと、意外と興味を持ってくれてたり？」

「そのように拝察しております」

「へえ……そう。そうか、うん。あの優秀な兄宰相のことだから、きっとすごくしっかり興味を持ってくれてるんだろうね。……王籍離脱の保留も公務の方も、たしかに了解で。あとご存じだとは思うけど、これね、なくしたら国を出て探すくらい大切なものなの。だから兄宰相にあらためて〈お礼〉を、伝えといてもらえるかな？」

「……承知いたしました」

頭をさげた連絡役貴族と、リヒトは詳細な話をすすめる。

軍務卿の補佐としての役割については日程の確認。シレジア国の件については中隊長と兵が同行することと、代理競技の審判部役をする随行団員《ずいこうだんいん》が必要なことなど。説明を終えた連絡役貴族を大扉まで送ると、お役目ご苦労さま、と手をふった。

不満をにじませた気配から一転の積極的な対応。ヴェルナーが呆気《あっけ》にとられるなかで、閉まる大扉を目の前に、リヒトは背中を見せたまま動かない。なんとなく静かになった食堂に、ダイスが転がる音と、木皿をかさねる音が大きく聞こえた。

リヒトはやがて肩で息を吐く。

思いきったようにきびすを返すと、調理場のニナのもとへと歩みよっていった。

◇◇◇

就寝の鐘が団舎にひびきわたる。

街中では打たれることのない、共同生活独自の鐘の音を耳にしたヴェルナーは、はあ、と羽根ペンをおいた。ほとんどの団員が自室に引きあげた夜の食堂で、調理場では料理婦ハンナが朝食の仕込みをしている。

団旗が壁に掲《かか》げられている、団長と副団長の定位置とされる長机。

数十枚をこえる新団員候補の経歴書を確認して、加入した場合の陣形を考えていた。正式な決定は団長ゼンメルが帰国してからの予定だが、春からの新体制素案については副団長ヴェルナーに一任されている。

またそばには団員たちの予定表がある。勧誘目的の地方競技会の観戦や、砦《とりで》への連絡任務。

シレジア国への随行団員には、ロルフとトフェルをあてた。ニナをくわえるかは迷っている。ゼンメルからは年若い団員に、さまざまな経験をさせろと言われている。同時に、なるべく手を貸すなとも——

ヴェルナーは、離れた長机で麦酒《ビール》をかたむけているリヒトを見やった。

副団長としての書類仕事に夢中になっているあいだに、気がついたらそこで一人、杯をかさねていた。リヒトは酒よりも甘味派で、彼が深酒をするときはたいてい、酔いでまぎらわせたいなにかがあったときだ。

庶子《しょし》の難しい立場も王籍離脱についての話も聞いているが、ヴェルナー自身、王家に対しては平凡な感覚しかない。当然の忠誠心と、面倒ごとは避けたい庶民《しょみん》的保身。けれどほんの昼間、連絡役貴族がもたらした報せや、木箱を渡されてからのリヒトの様子が気にかかる。

——まあ冷静に考えれば、こんな社会情勢で王子が王家から離れるとか、街の人の不安をあおる行動だからね。軍務卿の補佐はリーリエ国の国防に関わるし、シレジア国の特使は西方地域の平和に貢献することにつながるし。騎士団員としてはむしろ、喜んで受けないと、みたいな？

奇妙なほど明るく、リヒトは恋人であるニナに顛末《てんまつ》を伝えた。ほんとごめんね、二転三転してさ、と自身の身分で振りまわしていることを謝罪して、しばらく王子として行動することを説明した。

ニナは応援の言葉を口にしていたけれど、少し困惑しているようにも思えた。そのことが、随行団員の残り一名を決めかねる理由になっている。

ガルム国に縁のある弟王子が兄王子をさしおいて即位して以来、シレジア国内は両陣営に属するものが、地方競技会を〈戦場〉に衝突しているとも聞いている。政情不安な国への外交で、だからこそ国家騎士団員たる王子の使いどころなのかも知れないが——

顔をしかめて悩み、結局ヴェルナーは立ちあがった。

本人は自覚がないが、彼は強面《こわもて》のわりに面倒見がいい。副団長を任じられたのは騎士として熟達した実力だけではなく、情の厚さへの信頼も理由だった。

調理場からは鍋《なべ》が肉を茹《ゆ》でる音が聞こえている。ヴェルナーはリヒトの対面の椅子を引くと、どん、と腰かけた。顎髭《あごひげ》をいじりながら、ぶっきらぼうに切りだした。

「なんつうか、そのよ。今日はいろいろ、たいへんだった、な」

リヒトは酔いに赤らんだ目をヴェルナーに向けた。

頬杖《ほおづえ》をつき、兄宰相から贈られた木箱を指先でもてあそんでいる。そばには麦酒の壺《つぼ》と、飲みかけの木杯がおかれている。

「……だったじゃないよ。現在進行形で最悪だよ。頭のなかで百回は殺してる。あのくそむかつく兄宰相のこと」

穏やかでない言葉で返され、ヴェルナーは目を見はった。二人のほかにハンナしかいない食堂内を見まわした副団長に対して、リヒトは苦い声でつづける。

「あとそれ以上に、おれ自身を殴《なぐ》ってる。笑っちゃうくらい甘かったから。殴って、この馬鹿って、あーあって後悔《こうかい》してる」

「おまえ自身をって……いや、昼間のことならおまえにしちゃ珍しく……つうか最近のマシになったおまえにしても、まともに対応してたと思うけどよ」

「マシになったって……まあ否定はできないけどさ」

リヒトはしばらく考える。ほかの団員には秘密でね、と断ってから、木箱をヴェルナーに差しだした。

あけてみて、というふうに視線で示され、ヴェルナーは、わけがわからぬまま蓋に手をかける。

なかには——青玉の小さな指輪が輝いている。

ヴェルナーはぎょろりとした目をまたたいた。これがどうかしたのか、とたずねると、リヒトは片眉《かたまゆ》をあげて薄く笑った。

「いいね。ヴェルナーのそういう陰湿な謀《はかりごと》とは無縁の単純なところ。ゼンメル団長だったらすぐに察して、溜息ついて首を横にふってたのに。あんたが団長になったときの副団長は、癖《くせ》と裏のある奴がきっといいよ」

「おい、嫌みなのか褒《ほ》めてるのかはっきり……」

「子供がはめられるくらいの小さな指輪。海みたいな青い石。おれの好きなもの。これだけ言えばわかるでしょ？」

言葉をさえぎられ、ヴェルナーは怪訝《けげん》な顔をする。

やがて、は、と息をのんだ。

リヒトの恋人であるニナ。子供のように小柄な青海色の瞳の少女。宰相はニナを連想するような指輪をリヒトに差しだした。王籍離脱の返答を保留して、王子としての役目を言いわたしたあとで。

それは——それはつまり。

感じた戦慄に、ヴェルナーは木箱の蓋をしめている。まるでそのなかに、冷たい為政者《いせいしゃ》の思惑が入っているとでも言うように。

そんな副団長に、リヒトは溜息をついて告げる。

「知ってるぞってこと。……体裁《ていさい》をととのえてるなんて大嘘で、実際は調べてたんだよ。おれとニナのこと。ニナがおれにとってどういう存在で、おれを動かすのに使えるかどうかを。あとちなみにその指輪、ニナの左手薬指にぴったりだから」

「調べてたって、おまえそれは」

「考えたら疑問をもたれても当然なんだよね。いままで適当に逃げてたおれが、王籍を抜けたいって真面目《まじめ》に願いでたら、なにかあったんじゃないかって。領地を任せてた代官の不正が唐突《とうとつ》に明るみになったのも、調べてたからでしょ……って、もうぜんぶ手遅れだけどさ」

リヒトは木杯に手をのばす。

飲みかけの麦酒を一息であおった。

「……〈ラントフリート〉の処遇は、火の島杯の戦績で決めようと思ってたのかもね。で、想定外の災禍《さいか》が起こって、結果的に〈国家騎士団員の王子〉の利用価値が高まった。だけど反抗的な野良猫じゃ意味がない。それで、この青玉の指輪をおれによこした」

「つまり、したがわなかったら、小さいのに害が及ぶ可能性もあるって……」

「国のためには、実の妹のベアトリスでさえ〈赤い猛禽〉にくれようとした連中だよ。おれが反抗したら、ニナ自身や郷里の村の人とか、偶然、不慮《ふりょ》の事故で被害をこうむるかも知れない。それを考えたら手も足もでないでしょ、おれ」

　王籍離脱の件が兄宰相の手に渡った時点で、嫌な予感はしてたんだよねと、リヒトは苦々しげにこぼす。

「……ほんとすごいよ。脅《おど》しの文句一つ言わずに、おれっていう猫に首輪をつけたんだから。弟王子の取り巻きに殴られるおれを、小馬鹿にした目で見てたような嫌な奴でさ。陰気で面白みもないけど、宰相だった先王弟仕込みで政務は堅実だし、リーリエ国の将来は安泰かもね」

　皮肉めいた讃辞に、ヴェルナーは男らしい眉をひそめた。

「かもねって……おまえ、他人事《ひとごと》みたいに言ってるけど、どうするんだよ。おれは酒場の倅《せがれ》で、おえらいさんの事情なんかわからねえけど、ただの〈リヒト〉になりてえんだろ」

「どうするもなにも、現時点では完全に白旗だもん。……ニナにどう伝えていいかも検討《けんとう》中だし、だったらともかく目先のことをやるしかないでしょ」

「目先のこと？」

リヒトは、そ、と肩をすくめる。

「能天気にニナに夢中になってるうちに、命石《めいせき》に大剣がつきつけられてた状態だからね。〈国家連合が落ちつくまでの保留〉なら、それに向かって精一杯に努力するよ。どんな嵐にも屈しない白百合《しらゆり》を胸に戴《いただ》く、諦めないが信条の国家騎士団員としてはさ」

「リヒト……」

「ただ軍務卿《ぐんむきょう》の補佐はともかく、シレジア国への特使は気が重い。貴人相手の外交なんて胃が痛いし、顔も覚えてないマルモア国のクーヘン姫……トルテ姫？　なんだっけ、なんでもいいや。縁談を断った相手と長旅なんて、誤魔化《ごまか》し笑いで表情筋が疲れそうだなーって」

リヒトはげんなりと両頬を揉《も》む。気遣わしそうな表情をしているヴェルナーに気づくと、情けない笑顔を浮かべた。

「……それにシレジア国に行くこと自体も、実は複雑。〈リヒト〉になれたらニナに結婚を申しこんで……いい返事がもらえたら、母親のお墓に報告する予定だったんだよね。しんどいことがあって足が遠のいてたけど、結婚を区切りにしようかなって。まあでも、そんな感傷的なことを言ってる状況でもないからさ」

言い聞かせるように告げて、リヒトは酒壺に手をのばす。

麦酒を木杯にかたむけて、途中でやめた。明日は朝の鐘までに王城に行くんだった、とぼやいて立ちあがる。

匂《にお》いに誘われたように調理場に向かうと、鍋のまえに立つハンナに、味見をねだってまとわりつく。無視されてもめげず、ハンナ、ねえったら、とのぞきこんだ頭をおたまでたかれ、唇を尖らせたリヒトを、ヴェルナーはじっと眺めた。

複雑な生育歴に起因するのか、とかく問題の多い男だが、最初から完成された騎士などいない。新調したての軍衣《ぐんい》に目を輝かせた新人団員は、戦闘競技会《せんとうきょうぎかい》制度の矛盾《むじゅん》に翻弄《ほんろう》され、あるものは去り、あるものは傷だらけの軍衣をまとう道を選ぶ。

肩書きではなく、本当の意味での国家騎士団員へ。その過程はヴェルナー自身の経験として、また仲間の成長の姿として目にしてきたけれど――

ヴェルナーは団旗の下の、書類が散らかる長机を見やる。

団長と副団長の指定席。大過がなければいずれはそこに、団長として座ると腹を決めてはいるが、その際の副団長の顔は見えていなかった。

――副団長は、癖と裏のある奴がきっといいよ。

先ほどのリヒトの言葉を思いだす。

脳裏《のうり》にふと、書類の山をまえに頭を抱える、自分とリヒトの姿が浮かんだ。戦術図を見ながら白と黒の駒《こま》を投げあって喧嘩《けんか》し、余所行《よそゆ》きの顔で団員に指示を出す、団長と副団長としての――

「……まさかな」

ヴェルナーはぽつりとつぶやいた。

確信めいた光景を消すように、ぶるぶると頭をふる。

木壺《きつぼ》を手に、リヒトの残した木杯に麦酒をそそぐと、一息で飲みほした。落ちつかない気持ちで杯をかさねていると、塩ゆでの豚肉と新しい麦酒の木壺が、どん、と長机に置かれた。

「まさかじゃないと思うけどね」

ぼそりと言い残し、ハンナは前掛けをひるがえす。

調理場に戻るなり、長棚のジャムを舐《な》めようとしていたリヒトを殴《なぐ》った。己よりも団舎《だんしゃ》歴が長く、多くの騎士の成長に触れてきた料理婦を、ヴェルナーは呆然《ぼうぜん》と見やる。

「……え?」

リーリエ国王オストカールの第七王子ラントフリートが、シレジア国の代理競技にともなう特使として王都を出立《しゅったつ》したのは、十一月中旬《ちゅうじゅん》のことだった。

代理競技は十二月の月初め。現地での滞在が一週間予定なのに対して、行程が往復で半月はかかるだろう長旅だ。

王都ペルレから北に位置する、公認競技場でもあるノルト・エルデン城でマルモア国特使らと合流した一行は、西の国境をこえてシュバイン国へと入る。国旗を掲《かか》げた旗持ちの騎士や哨戒《しょうかい》役を先導に、騎馬と馬車からなる百名ほどの一群は、主要街道を西へと向かった。

2

弓弦《ゆんづる》が冬の木立にこだまする。

小鳥が飛びたち、射ぬかれた果実がどさりと、落ち葉のうえに落下した。

ほぼ同時に、ひゃ、という悲鳴があがる。すかさずのびてきた長い腕が、体勢を崩した馬上のニナを支えた。

「す、すみません、トフェルさん」

騎乗のまま弓を打つなど初めての経験だ。かじかんだ指を温めるために、肩慣らしとして地上で数射して、トフェルの助言もしっかりと受けた。内股《うちまた》で鞍《くら》をおさえたつもりだったが、予想外の反動に上半身がもっていかれた。

シュバイン国を東西につらぬいている主要街道。西の国境に近い行路をかこむ森のなかで、葉を落とした落葉樹からは、冬の陽光が柔らかく降りそそいでいる。

仰向《あおむ》けに倒れた姿勢で、ありがとうございます、と見あげれば、トフェルの丸皿のような目は大きく見ひらかれていた。

あの、と問いかけると、地上からニナの身体《からだ》を抱きとめているトフェルは、いや、と声を落とす。

「……おれこそすまねえ、うん。大丈夫だ。守秘義務にするからよ」

そっと顔をそむけた。ニナの背中を押しあげて、体勢をととのえてくれる。

「あ、ありがとうございます。今回は初対面の方々との同行ですし、マルモア国の方もいます。馬から落ちかけたなんて、やっぱり国家騎士団員として、その、恥ずかしいので」

「そうじゃねえよ。目算からある程度は覚悟してたが、なんつうか、冬の寒さがいっそう堪《こた》える薄さっていうかさ。……やべえマジで寒気がした。こんなのを怪我《けが》させるほど拘束《こうそく》して、おかしな誓約書に名前を書かせるとか、ほんとにリヒトの奴はわけわかんねえよ」

「……あの、なんども説明しましたが、テララの丘で拾っていただいた薬壺はわたしのものじゃありませんし、拘束なんてされていません。名前はたしかにいろいろな書類に……えと、三十回くらいは、書いてしまいましたが」

火の島杯の折り、テララの丘の新市街地でメルが落とした薬壺を、トフェルはなぜだかニナのものだと思いこんでいる。彼が見つけてくれたことで、メルの気持ちを理解するきっかけになったのだが、いくら否定しても、わかってるからよ、と沈鬱《ちんうつ》な顔で肩をたたかれている。

トフェルはやはり、痛ましいものを見る目をニナに向けた。三十回か、終了だなおまえ、と首を横にふった。

「まあその件はもういいよ。リヒトが狡猾《こうかつ》で、おまえが迂闊《うかつ》なのはわかってるし。それにその……なんつうか、おまえみたいな薄くて軽い奴でも利点はあるしな。長距離移動でも替え馬がいらねーし、費用対効果的に向いてるかもな、哨戒役」

勝手に諦められたうえ、褒《ほ》められているのか微妙な物言いを受けたニナは、はあ、と曖《あい》昧《まい》にうなずいた。短弓《たんきゅう》を背中の矢筒《やづつ》に引っかけると、鞍にさげた補助具を使って馬をおりる。

〈先生〉の捜索をすると決めたのを契機に、なにかあればすぐ移動できるようにと、馬具屋に相談して工夫《くふう》をこらした。鞍につけた支え紐と三段にしたあぶみ。縄梯子《なわばしご》に似た構造のあぶみは疾駆するとうるさいが、これがあれば小柄な身体でも一人で騎乗ができる。

トフェルとニナはそのまま、射ぬいた果実と落矢を拾いに向かった。

リヒトが〈ラントフリート〉として拝命した、シレジア国の代理競技にともなう外交特使。随行《ずいこう》する騎士団員に選ばれた二人は、ともに哨戒役を受けもった。

哨戒役は部隊を先導し、不測の事態に対処することを基本とする。その意味で遠距離武器の有用性が生かされる場面ではあるが、馬上での弓打ちは平地とはちがうとのトフェルの指摘を受けた。

そこで休憩を利用して、ニナは森の果実を射ぬいてみることにした。商家の出身だというトフェルは隊商の護衛をやった経験から、馬旅にも哨戒にも慣れている。要人の一行を導く役目として、近くで下草を食《は》む彼の馬には、長弓と矢筒が鞍にかけられている。

ひょろりと長い体格を屈めて、トフェルは落ちた矢を拾う。

数をかぞえてから、ニナの背中の矢筒に放りこんだ。

「弓は基本しかわかんねーけど、いくら技術が一級でも支えの部分がかな。足で馬体がかめねーと、矢尻がぶれる。反動で体勢を崩す程度の筋力じゃ、静止状態ならともかく、走ってる馬からは思いどおりに打てねえだろ。いちおうは平和なご時世で、追われて弓射する状況なんて、まずねえとは思うけどよ」

「はい。あの、教えていただいてありがとうございました。今後の基礎訓練の参考に……あれ？　トフェルさん、このクイッテン、なんだか皮がちがいます」

射ぬいた果実を手にしたニナは、予想外の感触に意外な顔をした。

弓射の的《まと》としたのは、冬の果物であるクイッテンだ。

ぎざぎざの枝葉がついている黄色い果実は、柔らかくて甘い匂いがする。クイッテンは凸凹《でこぼこ》した皮と酸味の強い果肉を持つ、加熱しなければ食べられない果物のはずだけれど。

トフェルはあっさりと説明する。植物や果実のなかには日照時間や標高、土質などの影響で、形や味にちがいが出る種類がある。西方地域のクイッテンは南の沿岸部に近づくほど糖度が増し、皮も柔らかくなるとのことだった。

ニナからクイッテンを受けとったトフェルは、外套《がいとう》の裾《すそ》でぬぐった。太股《ふともも》に押しあてると、体重を手にかけてひねり割った。

「旅先で主要街道から外れたときは、こういうことも現在地を知る手がかりになるかもな。足で手に入れる情報っつうか、流通してる地図なんかには普通、のってねえけどよ」

果実の半分を渡されたニナは、なるほど、と納得する。

火の島《イグニス・インスラ》は東西の長さが、馬で一カ月以上はかかる大きな島だ。中央火山帯を中心に無数の街道が走っているのだが、古代帝国時代に行軍用に使われた石畳《いしだたみ》の路は、旅程における重要な道しるべとして主要街道と呼ばれている。

見知らぬ土地への哨戒役を受けもったニナは最低限のそなえとして、シレジア国近辺の主要街道は頭に入れてきた。けれど参考にした地図には、目安となる山や街が記載されているくらいで、土着の情報はたしかになかった。

ってもまだ硬いか、王都まで行きゃあもっと美味《うま》くなるけどよ、と、トフェルは半切りのクイッテンをかじる。同じように口にしたニナは、半熟の林檎《りんご》を思わせる風味におどろいた。リーリエ国のそれとはちがう冬の果実。シレジア国生まれのリヒトにとっては、これがクイッテンの味なのだろうか。

――まえに立ちよった宿場街ではまだ、生食のクイッテンは売られていませんでした。せっかくですし、リヒトさんにも食べていただきたいのですが。

ニナは射落とした数個のクイッテンを見おろす。

いままでであれば、すぐにリヒトのもとに届けていた。というより、過去に戦闘競技会《せんとうきょうぎかい》に参加するために移動した旅路では、顔を向ければ互いが視界に入る距離にいるのが普通だった。しかしながら今回のシレジア国行きは、状況がまったくちがう。

鳶《とんび》の声に似た角笛の音が、冬の森に飛んだ。

交代の時間だなと、トフェルが街道の方を向く。ニナは迷いを顔に浮かべたが、結局は黄色い果実を外套のポケットに入れて、歩きだしたトフェルにつづいた。

冬枯れの野に広がる石畳の路。

馬車が二台並んでも余裕のある主要街道の周囲には、数十頭の騎馬と外套姿の兵士の姿がある。

冬用馬着を彩る、あるいは旗持ちの槍にさげられた国旗は、リーリエ国の濃紺色《のうこん》とマルモア国の山吹色《やまぶき》。凛《りん》と深い青色と鮮やかな黄色の織りなす対比が、シュバイン国の西の辺境を、季節外れの花のように染めている。

冬空に輝く太陽は中天を過ぎている。街中であれば午後の鐘が鳴ろうかという頃合いに、ぷんとただようのはハーブ茶の芳香《ほうこう》だ。散開した兵士があたりを警戒しているなかで、木立から出てきたトフェルとニナは、荷車のそばで馬からおりた。

主要街道をとおる旅人から見れば、物々しい雰囲気《ふんいき》に迂回《うかい》したくなるかも知れない。そんな状況を考えれば場違いだろう優美な香りに気づいたトフェルは、また茶かよ、とぼやく。

匂《にお》いの先に呆《あき》れの視線を投げると、おさまりの悪い茶色の髪を苛々《いらいら》とかいた。

「昼前に飲んだばっかりなのに、この調子でのんびりされちゃ、今日中に国境を越えられないんじゃねーのか。馬車に酔っただ、座りすぎて尻が痛いだ、ただでさえ休憩だらけで日程がずれこんでるのによ」

「あの、でも、日程はいちおう、余裕をもたせていると中隊長が……」

「んなこと知ってるよ。シュバイン国の主要街道は平地で、石畳のぶん馬足も速い。なのに片道七日のところを、もう二日も余計に使っちまってる。代理競技当日には間にあったって、現地での自由時間が減るじゃねえか。なんのためにくそ真面目《まじめ》に哨戒役《しょうかい》をしてると思ってんだよ。砂時計一反転でも早くついて、買い物がしてえからだろうが」

トフェルはシレジア国の随行団員を、嬉々とした立礼《りつれい》で拝命した。

命じられても無視していた自室の不要品を処分して場所をつくり、火の島杯の報奨金《ほうしょうきん》をすべて金貨袋に入れると、運搬用の巨大な木箱を荷車に積みこんでいた。若手のなかでもっとも団舎歴《だんしゃ》が長い彼は、シレジア国で開催された西方地域杯に参加経験がある。各国の船舶《せんぱく》が寄港する王都ギスバッハの港湾地区は、内陸では手に入らない、珍奇な品物が扱われる掘り出し物の宝庫らしい。

はあ、と首をすくめて、ニナはトフェルの視線の先に目をやった。

大樹の枝葉を利用して張られた、風よけの半天幕。

兵を率《ひき》いる中隊長や特使を補佐する外務官らの向こうに見えるのは、椅子《いす》に座っている年若い男女――リーリエ国の第七王子ラントフリートと、マルモア国ヴァーゼ侯爵家令嬢のエリーゼ姫だ。会話の内容までは聞こえない。けれど楽しげな女性の笑い声が、乾いた辺境の空気にひびいている。

「……しっかしあの毛皮で着膨《きぶく》れてるお姫さま、露骨すぎていっそ清々しいっつうかさ。

外面《そとづら》だけはいい〈おーじでんか〉を侍《はべ》らせてご機嫌なのはわかるけどよ。代理競技の立会人ったって、いちおうは急逝《きゅうせい》したシレジア国王への弔意《ちょうい》を伝える使者でもあるし、消沈してる王妃を慰問《いもん》するために遠路はるばるご足労、じゃねーのかよ」

ぶつぶつともらし、トフェルは荷車の輪留めに手綱《たづな》をかける。

同じように馬を係留させながら、ニナは人垣《ひとがき》の向こうで上品な微笑《ほほえ》みを浮かべている〈ラントフリート〉を、ぼんやりと眺めた。

羊毛の帽子にケープつきの外套をまとった姿が、見慣れぬせいか別人のようにも見える。手の届く距離にいながら、いつもみたいには駆けよれない。その隣では斑兎《まだらうさぎ》の襟巻《えりま》きで首元を包んだエリーゼ姫が、陶製《とうせい》のカップを手に午後のお茶を楽しんでいる。

——ニナは今回のシレジア国行きで、兄ロルフとトフェルとともに、随行団員に任命された。

代理競技とは国家連合《リントヴルム》の関与できない、国内での問題を解決するための戦闘競技会である。

国家連合は戦争の禁止を目的とする機関だが、他国への侵略ではない内紛は対象にならない。古代帝国時代の決闘裁判の流れを汲《く》む慣習は、王位継承争いなど、国を二分するような対立を回避するために開催されることが多いとされる。

裁定競技会の結果を公認するのが国家連合なら、代理競技の結果を保証するのが立会人だ。そして随行団員は代理競技において、審判部としての役割をこなし、道中では警備などを受けもつ。

護衛役に最適な一の騎士ロルフ、哨戒役に適任なトフェルにくわえてニナが選ばれたのは経験を積むため。また要人に女性がいることで、夜間の警備などで女騎士が必要になるかも知れないという、副団長ヴェルナーの判断だった。

旅には慣れてはいるが、国の外交にたずさわるのは初めてだ。また公私の別という意味で、〈私〉しかなかったニナとリヒトの関係に、互いの身分が入ることもあまり経験がない。

〈リヒト〉と呼ぶことも気安く話しかけることも、人前では控えるべきだ。それはもちろん理解していたつもりだけれど——

トフェルは半天幕のそばにいる中隊長のもとへと向かう。

つづくニナは二人に気づいて黙礼する兵のあいだを、肩をちぢめて歩いた。出立《しゅったつ》したころは頭をさげ返していたのだが、国家騎士団員として不要だとトフェルに鼻を弾かれた。

笑い声がこぼれてくる半天幕の付近には、本陣の警護を任されたロルフの姿がある。

冷たい空風に黒髪をなびかせた一の騎士を横目に、トフェルは中隊長と担当区域を相談した。国境周辺は野盗《やとう》などの被害が多発する傾向があり、まして火の島杯の災禍《さいか》で小競《こぜ》り合いが散発している状況だ。北の旧フローダ地方では困窮《こんきゅう》した農民が蜂起《ほうき》したとの情報も、すでに入っている。

受けもち場所を教えられ、実直そうな中隊長に立礼したニナは、半天幕のなかへと顔を向けた。

風よけの厚布で三方向をおおわれた一角では、リヒトがエリーゼ姫と談笑している。白いクロスがかけられた丸卓には、茶器や焼き菓子の皿が並ぶ。周囲には外務官らをはじめ世話役の女官や、炉《ろ》で湯を沸かす侍従《じじゅう》の姿もある。

王城の庭園を切りとったような光景に、ニナは少し怯《ひる》んだ。それでも外套のポケットに手をのばして、口にする言葉を頭のなかで復誦《ふくしょう》する。

あの、と、近くの侍従に声をかけた。

「ご歓談中のところに失礼いたします。これを、お、王子殿下と皆さま、に」

射ぬいたばかりの黄色い果実をおずおずと差しだす。そっとリヒトをうかがうと、視線が合わさるのをさえぎるように、綺麗《きれい》にとおる女性の声がひびいた。

「まあ、それはクイッテンですか？」

青灰色の目をぱちりと見ひらいたのはエリーゼ姫。

貴族令嬢らしく上品な顔立ちに、なめらかな白磁《はくじ》の肌が輝く。ふわふわの毛皮で包まれた細い首を、緩《ゆる》やかに波打つ銀糸の髪が、豪華なレースのように彩っている。

エリーゼ姫は、木卓から身をのりだすように美しい顔を向けてくる。小さなニナの手にのせられた数個の果実を見やると、形のいい細眉《ほそまゆ》をひそめた。

「困りましたわね。せっかくですけど、クイッテンを生で食べるなんて。渋くて硬いそうじゃありませんか。リーリエ国では、そのような習いでしたか？　〈銀花の城〉《ラルジャン・フルル》には幾度もご招待いただきましたけど、そのまま出されたことなんて……」

「あ、あの、たしかにリーリエ国でも、ジャムにしたりお肉と煮たり、えと、蜂蜜《はちみつ》に浸けてから調理し……」

「でしたらなぜ？　お茶菓子ならば、宿場街に寄るごとに用意していますわ。トルテもクーヘンもビスケットも。王子殿下は、甘味がお好きだと聞いております」

「い、いろいろ仰《おつしや》るとおりなのですが。西方地域でも南の沿岸部のクイッテンは、柔らかくて、生でも甘いそうなんです。ですので、よろしかったらと、思って」

たどたどしく説明すると、エリーゼは侍従にうなずいた。

ニナから果実を受けとった侍従は木卓に向かう。並べられた黄色い果実に、エリーゼは爪紅《つめべに》が艶《つや》めく指先で触れると、まあ、本当に柔らかいですわ、と声をあげた。

ありがとう、いただきますわね、とニナに礼をのべると、切り分けてくるよう女官に指示を出す。隣のリヒトに向きなおると、華やかな笑顔を浮かべた。

どこまでお話ししましたか……そうですわ、王太子妃殿下に、シレジアの扁桃油《へんとうゆ》を頼まれましたの。彼《か》の国の化粧品《けしょうひん》は本当に質が良くて、令嬢たちにも愛用者が多いのです。ああ、純絹《じゅんけん》も仕入れなければなりませんわね。今回の事変で内陸交易に支障が出て、東方地域の生地が入りづらくなってしまったのです。贔屓《ひいき》にしている一番街の生地屋が――

切れ目なく話しかけられ、リヒトはなにか言いかけた言葉をのみこんだ。そうですか、なるほど、扁桃油と純絹を、と、眉をよせて微笑んだ。

黄色い果実は女官に運ばれていった。

ニナは少しのあいだ立ちつくしていたが、やがて立礼して身を返す。

半天幕の出入り口にいるトフェルのもとへと戻った。お待たせしました、と頭をさげると、トフェルは丸皿に似た目を半眼《はんがん》にして、あーあという表情をした。

「親父《おやじ》国王への報告んときじゃねーけど、語彙《ごい》の乏《とぼ》しい奴だよな。見た目はいっぱしに血統書付きの猫だが、あのお姫さんも、あんな鸚鵡返《おうむがえ》しと朝から晩まで話してて、よく飽きねーよ」

遠望鏡《えんぼうきょう》をぐるぐる振りまわしながら、トフェルは主要街道の方へと去っていく。残されたニナは遠望鏡を首からさげると、受けもち区域の水場へと向かった。

木々の先に消えていく小さな背中を、立番をしているロルフは遠く見送る。

楽しげな女性の笑い声はつづいている。

剣帯《けんおび》に軽くかけているロルフの指先に、知らず力がこもった。そんな己に渋い顔をしたとき、肌がわずかにふるえる。

「――……」

冷たく乾いた冬の空気に、なにかの気配が混ざった気がした。

精巧な騎士人形のように佇《たたず》みながら、ロルフは海を宿した隻眼《せきがん》をゆっくりと動かした。


――リヒトさんを王子殿下と呼ぶこと、やっぱり、まだぜんぜん慣れないです。

木立のなかを歩くニナは、ふう、と溜息をついた。

足を止めて指を順番に折る。王都ペルレを出立してから、もう七日が経過したのにと、もういちど疲れた息を吐く。吐いてから、はっとした顔で周囲を見まわした。

休憩《きゅうけい》は基本的に水場のある場所でとられる。森の奥にある湧水までの細道には、幸い、道中用の水を汲《く》みに向かう兵の姿はない。

――よかった。誰もいません。

気心の知れたリーリエ国騎士団員とちがい、ほとんど初対面の相手と行動をともにするのは、予想以上に神経を使う。

上位四カ国に入った火の島杯の影響か、それとも正式入団して一年が過ぎ、〈少年騎士〉の戦績はニナが考える以上に大きいのか。ニナに向けられるのは国家騎士団員への敬意。そして短弓《たんきゅう》という珍しい武器を使う、しかも子供じみた体格の騎士への興味の視線。〈出来そこないの案山子《かかし》〉だったころの境遇からか、年長者に黙礼される立場は落ちつかない。溜息一つこぼすにも、なんだか人目が気になってしまう。緊張と長距離騎乗の疲れで、夜は横になったとたんに熟睡だ。これならば汚れ物の洗濯《せんたく》に追われたり、役立たずだと軽んじられる方が楽ではないかと、思うくらいだ。

そんなニナに対して兄ロルフやトフェルは、随行団員《ずいこうだんいん》としてそつなく役目を果たしている。

兄は完璧《かんぺき》な警護はもちろん、団舎《だんしゃ》を出立するなり〈王子殿下〉とリヒトを呼び、彼が唖然《あぜん》とするほど普通に切りかえていた。トフェルは状況を楽しんでいる節があり、〈おーじでんか〉、とわざと間のびした呼び方こそするものの、哨戒《しょうかい》役も兵への指示も器用にこなしている。

――せめて赤毛さんたちがいれば、すごく心強かったのですが。

副団長就任の親善競技などで交流があるマルモア国騎士団は、火の島杯で主力騎士の〈赤毛〉が、反乱の標的にされる被害を受けた。災禍で壊れた本館の復旧作業にはともにあたったけれど、帰国してからは連絡がとれていない。テララの丘に近いマルモア国は、いまだ〈連中〉の残党への対応に追われていると聞いている――そういう事情もあって、外交特使が同行することになったのだ。

見張りを指示されたのは、湧水《ゆうすい》のある岩場だ。

歩きだしながら、ニナは半天幕でのことをぼんやりと考える。リヒトとお茶を楽しんでいた、ヴァーゼ侯爵家令嬢エリーゼ姫。

トフェルの言葉ではないけれど、エリーゼ姫が頻繁《ひんぱん》に休憩を求めることは、日程調整に苦慮《くりょ》している中隊長を思うと複雑な気持ちになる。日暮れまでに宿場街に到着するために、馬に無理をさせたことも何度かあった。

それでも身体《からだ》を鍛えているわけでもない令嬢が、国の特使として半月をこえる長旅を拝命するのは、容易なことではないだろうと思った。また火の島杯を経て、平和の維持には国家間の親善が必要だと実感した。国同士の問題を解決する裁定競技会は、最小限の犠牲《ぎせい》で戦争を回避する手立てだけれど、敗者に怨恨《えんこん》を残す場合がある。

それを防ぐには、話し合いで解決できる関係性が重要だ。ベアトリスが外務卿《がいむきょう》を引き受けたのも、王女として、リーリエ国のためにできることを考えての決断だと聞いている。噂《うわさ》ながら来年、再来年のうちにはナルダ国に嫁《とつ》ぐ予定で、その日までに祖国の外交を盤石《ばんじゃく》なものにしておきたいのだと。

そう考えればマルモア国との親善は重要だけれど、貴人とはそういうものなのか、エリーゼ姫は不調に終わった縁談話などなかったように——恋人としては少しもやもやするくらい友好的に、リヒトに接している。村娘のニナは〈貴族〉というだけで身構えてしまうし、礼法も見よう見まねだ。高雅《こうが》な雰囲気《ふんいき》とはっきりした弁舌《べんぜつ》に気圧《けお》されて、先ほどのようにリヒトと話すまもなく、へどもどして終わるのも珍しくない。

——いまさらですが、本当にわたしは喋《しゃべ》るのが下手《へた》です。うまく言えないと、焦ってよけいに話せないし。弓がわたしの心なら、むしろ弓射の方が、気持ちを伝えられる気さえします。

うつむいたニナは自然と、メルのことを思いだした。

同じ背丈とゆっくりな受け答えが、誰よりも心地よかった少女。ニナは外套《がいとう》の合わせ目をまくると、剣帯の布袋に手をのばした。

国家連合職員クラウスからもらった書簡《しょづつ》を、ニナは携帯している。四女神《デア・ファアトス》の印章が刻まれた硬化銀製の書筒。メルがニナの渡した薬壺を持っていてくれたように、小綺麗な布袋に入れて、弓を使う自分には不要の剣帯にはめた。

各国の配達人経由で送付ができるという書筒を、シレジア国から出してみようと思った。西方地域で最西端の海や空の色、街の様子をメルに伝えたいと。

そしてそれ以上に、この書筒を持っていれば力が湧いてくる気がした。空《から》の書筒にはなにも入っていない。けれどそこには、テララの丘を出立するまえに抱いた決意や、メルとの将来や希望や、そういった思いが詰まっている気がしたから。

布袋ごしに書筒をにぎって、ニナは首を横にふった。

――考えてたって駄目です。ともかくは、やるべきことをやらないと。

他人事《ひとごと》だと思っていた難しいことから、目をそむけないと決めたのは自分だ。でなければきっと二度と、メルの手をつかむことができないだろうと。

それに――

――強くなったニナに恥ずかしくないように、おれも強くならないとな、ってさ。

そう言ってくれたリヒトは、苦手だと避けていた王族の役目を果たしている。王籍離脱の返事が保留になったときも、あれほど返事を待っていたのに、リーリエ国の平穏が優先だと冷静に対応していた。

出来そこないだったニナを認めてくれて、自分自身も変わっていくリヒトに、がっかりされる行動はしたくない。今回はシレジア国の王権をさだめる、大切な戦闘競技会を見届けるのが目的だ。些末《さまつ》なことに気をとられて、使節団の責任者である〈ラントフリート〉に迷惑をかけるわけにはいかない。心配を押し殺すように口をへの字にして、立礼で見送ってくれた副団長ヴェルナーの信頼にも応えたい。

よし、と大きくうなずき、ニナは書筒から手を離した。

歩きながら首にさげている遠望鏡をつかむと、細道の先の岩場に人影が見えた。風体《ふうてい》から、マルモア国の兵だと思っていると——

「——ほんと、リーリエ国には迷惑ばかりかけて、正直なところ恥ずかしいよ。おれたちの立場じゃ、黙ってしたがうしかないけどさ」

木桶《きおけ》で湧水を汲《く》んでいる若い兵は、ぼやくように言った。傍《かたわ》らで腰を屈めている仲間に、顔を近づけてつづける。

「シレジア国王家とは縁があるけど、エリーゼ姫、ラントフリート王子が立会人になるからって、無理をとおして同じ任を引き受けたんだろ。王子と歓談したいからって、頻繁に馬車をとめて休憩してさ。日程も補給の予定もずれこんで、ただ申しわけないっていうかさ」

ひそひそとした声に、隣の兵は肩をよせて答える。

「王太子殿下も従姉妹《いとこ》のエリーゼ姫には甘いからな。うちの騎士団はたしかに忙しいけど、同行しないのは姫が主力の女騎士を嫌ってるからだろ。夜会の余興《よきょう》の一対一で、気に入りの青年貴族が打ちすえられて顔に傷をつくったとか。王太子殿下も例の騎士団を二分した問題のことで、いまだに〈女騎士〉に偏見を持ってるしさ」

はあ、と漏《も》らされた溜息が風に流れる。水滴が飛びちる岩場に並んだ後ろ姿は、寒そうに肩をふるわせた。

「それにしてもラントフリート王子は噂とちがったな。母親の身分が低い庶子《しょし》で、王城には馴染《なじ》まない王子って聞いたが。見た目どおりの、上品で朗《ほが》らかな御方じゃないか」

「そうそう。エリーゼ姫との縁談だってリーリエ国が、王子の素行の悪さを理由に〈辞退〉してきたって話だけどな。でも王子、なんでも火の島杯で大功をたてたんだろ？」

「うちの王太子殿下をふくめた臨席王族を、たった一人で群がる襲撃者から守ったらしいな。〈銀花の城〉には謝礼の使者が行列をつくって、王子の居室は各国の贈り物で埋まったとか。もともと身分は釣り合ってるし、両国にとっては良縁だ。案外と今回の外交は、上の方が仕組んだ仕切りなおしの縁談だったりな」

ともかく早く到着したいよ、こっちは寒空の下で水汲みなんだからさ、とこぼして、マルモア国兵は木桶を両手にさげた。

立ちつくしていたニナは、はっと身を跳ねさせる。彼らがふり向くまえに近くの茂みに隠れた。かじかんだ手をこすらせて戻る兵を、身を屈めてやりすごす。長靴《ちょうか》の音が遠ざかったところで、ぽつりとつぶやいた。

「仕切りなおしの……縁談……？」

青海《あおうみ》色の目を困惑にさまよわせる。

エリーゼ姫とリヒトの縁談話を聞かされたのは、年明けに帰省《きせい》から戻った団舎だった。うろ覚えだがエリーゼ姫が西方地域杯の前夜祭で見初《みそ》めて、父侯爵に申し入れをねだったのだと。その後にガルム国の一件が起こった影響もあり、リヒトが断った、という結果以外は知らない。

ニナは胸が嫌な感じに脈打つのを感じた。

思いもよらなかったことを耳にして、頭がうまく働かない。えと、つまり、と頼りない声を出した手から、遠望鏡《えんぼうきょう》がすべり落ちた。ニナは覚束《おぼつか》ない手つきで、首から紐でぶらさがった遠望鏡をつかんだ。

ここがどこかも、自分の役目も消えていた。思いだしたのは木立の向こうを走る影に、気づいたときだった。

「──!」

森の暗がりにひるがえった外套。

固まったのは数秒だ。ニナは立ちあがると、茂みの後ろから飛びだした。

急いであたりを見まわしたが、水場への細道には誰もいない。遠望鏡で木立のなかを確認してみたけれど、草葉が生いしげる樹林帯は小柄なニナでは、遠くまでは見渡せない。

──獣ではありません。たしかに外套でした。使節団の方が……いいえ、あんなふうに走る理由がありません。

同行者ではない、と判断したニナは、にわかに緊張する。

人影は自分と主要街道のあいだを走っていた。水場周辺を任された哨戒役《しょうかいやく》として、動揺《どうよう》のあまり次の行動が出てこない。報せの指笛を吹きかけて迷い、行き場を失ったニナの手は自然と、背中にのびている。

──威嚇《いかく》の一矢《いっし》……で、でも距離を詰められているなら、先制した方が。

短弓《たんきゅう》を左手がつかんだとき、無数の足音が聞こえてきた。

「!」

先ほど外套がひるがえった場所を、こんどは複数の人影が走りぬける。

数は数十をこえている。枝葉のあいだに剣身が閃《ひらめ》くのを見たニナは、反射的に矢筒《やづつ》の矢を引きぬいていた。辺境の森で武器を手に駆けている集団が、付近の農民や隊商のはずがない。半天幕のなかでお茶をたしなむエリーゼ姫や外務官など、非武装の同行者の姿が頭をよぎる。

——ともかくは、こちらに注意を。

ニナは走りだしながら矢を弓につがえる。

距離はおよそ三十歩。木立の先で見え隠れする集団の、先頭あたりでひるがえる外套に狙いをさだめた。ざ、と停止して大樹の脇から矢尻をのぞかせる。

弓弦《ゆんづる》が弾けて矢音が緑陰をつらぬいた。

「——!」

走っていた一人が唐突《とうとつ》に転倒する。

おどろいた集団が足を止めた。仲間の肩口に突き立った矢を確認すると、ただちに周囲を見まわす。

まとめ役らしい頬髭《ほおひげ》の大男が、腕を掲《かか》げて指示を飛ばした。獲物を探すように片手剣をかまえるさまは、テララの丘で対峙《たいじ》した反乱の一味に似ている。幹の裏に身をひそめたニナは、やはり野盗団の類《たぐい》だろうと唇を結んだ。このまま大きく迂回《うかい》して、主要街道付近の本陣に報せにいこう——そう思って移動しかけた身体《からだ》に影がかかる。

はっと顔を向けると、頭上から見すえてくる目があった。

――え？

ニナが息をのんだのと、枝の上に立っていた人が飛びおりたのは同時だった。

「！」

脇腹に衝撃を受けて横っとびに吹き飛ぶ。もんどりうって転がり、短弓を手放した左腕が踏みつけられた。ち、と舌打ちがもらされる。呻《うめ》き声をあげたニナの喉元《のどもと》に、剣先がぴたりと当てられた。

「あ――……」

這《は》いつくばった姿勢で見あげると、冷たい声が落ちてくる。

「……子供？」

見おろしてくるのは乾いた目つきの細面《ほそおもて》の男だ。いつ接近されたのかまったくわからなかった。ごくりと喉を鳴らしたニナは、男がかぶる帽子に気づくと、え、と目を見はった。

つばを折りかえした形の帽子には、中央に紋章が装飾されている。水沫《すいまつ》をあらわす薄い青に、沿岸国たる証《あかし》の三つの錨《いかり》。

シレジア国の国章――

「おやめなさい。相手をよく確認なさい。このお嬢さんは、賊《ぞく》ではありません」

投げかけられたのは落ちついた声。

ニナが顔を向けるよりまえに、うなじに触れていた金属の感触が離れた。乾いた目つきの男は、幅広の片手剣を剣帯《けんおび》に戻す。

近づいてきたのは長身の女性だ。

優しげな面立《おもだ》ちは白粉《おしろい》で綺麗《きれい》に化粧《けしょう》され、右目には知的な片眼鏡《かためがね》が輝いている。靴先《くつさき》までをおおう海商風の長衣に、孔雀《くじゃく》羽根が襟《えり》を飾る防寒着をまとった女性は、ニナの脇に膝をついた。

緩《ゆる》く編まれた髪が流れて濃密な花香が散った。木漏《こも》れ日《び》が、片眼鏡からさがる飾り石を煌《きら》めかせた。

「申しわけありません。副警兵長が失礼を。……その指輪の白百合《しらゆり》紋章、あなたは、リーリエ国の使節団の方ですね？」

たずねながら手を差しだされ、ニナは、は、はい、とうなずく。誘われるまま腕をあずけた。長身だけあって、女性にしては強い力で身を起こされる。

ありがとうございます、と頭をさげて、ニナは女性を見あげた。

「リーリエ国の随行団員《ずいこうだんいん》、ニナと申します。あの、あなた……あなたさまは？」

「ニナさま……というと、もしやガウェイン王子の命石《めいせき》を射ぬいた〈少年騎士〉の」

「あ、えと、はい」

女性はしげしげとニナを見つめる。少年ではなく、少女でいらっしゃいましたかと、目を弓なりにさせた。

「わたしは、シレジア国の宰相《さいしょう》パウラと申します。こたびの代理競技の立会人を引き受けてくださった、リーリエ国ならびにマルモア国使節団のご到着が予定よりも遅れ、道中で不測の事態にでも遭《あ》われたのかと……。無事が案じられ、お出迎えに参りました」

柔らかく微笑《ほほえ》み、パウラは頭をさげる。

「……しかしながら国境の森に入ったところで、我らをつける不審な影に気づきました。国王陛下のご逝去《せいきょ》以来、シレジアでは国情が揺らいでいます。王位継承問題で対立する王兄マクシミリアン公の手のものなのか、あるいは旧フローダ地方で蜂起《ほうき》した農民が侵入してきたのか。正体をたしかめようと警兵長に命じたのですが、ニナさまには、とんだご迷惑を」

お怪我《けが》はありませんでしたか、と眉根《まゆね》をさげられ、ニナはあ、と気づく。

——待ってください。じゃあ、わたしは。

自分は、木立のなかを走っていた人影を二回見た。

野盗だと思いこんで弓を射かけてしまった警兵らが不審者を追っていたのなら、自分の行為は彼らの行動を妨害することに——賊を捕らえる機会を邪魔してしまった、ということに。

一気に顔を青ざめさせて、ニナはいきおいよく頭をさげた。

「あの、わたし……も、申しわけありません！」

乾いた目の副警兵長はニナの失態に呆《あき》れているのか、冷ややかな表情をしている。その後方で警兵らをしたがえる頬髭の大男——指示を出していた姿からすると警兵長は、厳《いか》めしい顔で眉をよせている。

肩を射ぬかれた警兵の外套《がいとう》は血に染まっている。おののく指でポケットから汗拭き布を取りだし、手当てを、と歩みよろうとしたニナだが、かすり傷です、ご心配には及びません、とパウラに首を横にふられた。どうしていいかわからず汗拭き布をにぎりしめると、耳に馴染《なじ》んだ長靴の音が聞こえてきた。

ニナが振りむくと細道の方から、兄ロルフが数名の兵と駆けつける。

「——……ニナ？」

ロルフは落ちている短弓《たんきゅう》と泣きだしそうな妹、負傷した警兵に目をとめた。

周囲をあらためて確認すると、少し考えてから剣帯にかけていた手を離す。立礼して名乗りをあげて、女宰相パウラに歩みよった。

その隻眼《せきがん》、ああ、あなたが高名なリーリエ国の一の騎士の——顔を綻《ほころ》ばせた女宰相から事態を聞かされたロルフは、次第に表情を険しくする。使節団の兵たちは、うかがうような視線をニナへと向けた。

唇をきつく結び、ニナはただうつむいた。

◇◇◇

——大樹に背をもたれさせた青年は、ぜえ、げほん、と咳《せ》きこんだ。

外套のフードをあげて、汗がにじんだ額をぬぐう。はしっこそうな顔には、疾走して乱れた焦茶の髪がかかる。

青年は、もういちど乾いた咳をした。十年ほどまえから患《わずら》っている鉱山病は、即座に命を落とすものではない。けれどグナレク山の麓《ふもと》にある、硬化銀の採掘場での労役は、寿命を削るに等しい重労働だった。なにより有毒成分の混じった湧水にさらされることで、呼吸器に不可逆的な疾患《しっかん》を残すと言われている。

当初はたまさかに咳が出るだけだった症状は、年々と悪化した。ここ最近は冬の冷たい空気が肺に入ると、喘鳴《ぜんめい》が起こり呼吸が苦しくなる。採掘場での懲役刑《ちょうえきけい》になったものが、同様の症状で刑期があけるまえに亡くなったのを何度か見た。そしていまの青年の顔色は、末期のころの彼らの状態に、よく似ている。

「危なかった……つい夢中で見入っちまってた。引ったくりでも尾行でも、やっぱ余所事《よそごと》は敵だな」

ぼやき声をあげた耳に、馬車と馬蹄《ばてい》が遠く聞こえる。

青年は、身を隠した幹から顔だけ出して様子をうかがった。シュバイン国とシレジア国の国境。森から抜けた一群は、主要街道を西へと向かっていく。

遠望鏡《えんぼうきょう》を動かして全体を確認した。青年が目にしたときは濃紺《のうこん》と山吹《やまぶき》色の国旗がひるがえった集団には、紫に天馬と、水色に錨の国旗が加わり、これから出征《しゅっせい》するような大軍団となっている。

もっともそれはある意味で事実だ。体裁《ていさい》をいくらととのえても、いまシレジア国で起こっているのは、対立する二つの利害がぶつかりあう戦《いくさ》だった。北シレジアの国王遺児派と南シレジアの国王兄派。足元の民など二の次の、上の町の貴人たちがかかずらう、彼らのためだけの王冠の行方《ゆくえ》。

そしてマルモア国章を戴《いただ》く馬車の近くには、ケープつき外套を馬上にひるがえす金髪の青年の姿がある。

遠望鏡を持つ青年の手に力が入った。

果たされなかった約束がよみがえり、右頬の火傷痕《やけど》が痛んだ。

「――リヒト……」

青年は掠《かす》れた声でつぶやいた。

3

シレジア国は西方地域でもっとも西に位置する国である。

中央火山帯を中心に、古代帝国の開祖に封じられた炎竜《フラルドラーゴ》の四肢《しし》だと伝えられる、四つの山脈が地域を隔《へだ》てている火の島《イグニス・インスラ》。

豊穣《ほうじょう》と誕生の女神マーテルを奉じる西方地域に現存する国は九カ国。そのなかで西端にあるということは、文字通り火の島の西の果てにあることを意味する。灯台岬《とうだいみさき》と呼ばれる国土の端からは深い青海《あおうみ》の大海原《おおうなばら》と、炎竜の爪だとされる竜爪諸島《りゅうそうしょとう》が見渡せる。

波の水色と船の錨《いかり》を国旗に戴くシレジアは、古くから、沿岸国としての恩恵を受けて栄えてきた。

王都ギスバッハは南方地域からやってくる船と、街道からやってくる内陸国の隊商のまじわる交易街だ。下の街の港湾地区はさまざまな国籍の商人で賑《にぎ》わい、次々に寄港する船《せん》舶《ぱく》で海に白波が立たぬときはない。

ゆえに同国では商業が盛んで、荒波のごとく上下する交易品の相場は、富と貧困を人々にもたらす。一夜の暴騰《ぼうとう》が屋台主を大商人に、一瞬の暴落が宝石を石ころに。波にのりそこねた不運なものは泡沫《ほうまつ》となって消えるしかない。雄大な海原がもたらす悲喜もまた、女神マーテルが気まぐれに呼ぶ風だった。

そんな自由なシレジアに重い枷《かせ》をつけたのは、ガルム国の〈赤い猛禽《ブルート・フォゲル》〉。恫喝《どうかつ》手段としての異相の騎士の暴虐に怯《おび》えたシレジアは、彼の国の顔色をうかがうあまり、ガルム国出身の母をもつ弟王子を国王とした。

しかし赤い猛禽は去り、その武勇を後ろ盾としていた国王は逝去《せいきょ》する。

ふたたび自由を得たものは、国家連合《リントヴルム》の揺らぎを追い風とした。解き放たれた鬱屈《うっくつ》や不満の波は、気がついたら風景を一変させている満ち潮のように、シレジア国全土をのみこもうとしていた。

◇◇◇

「すげえ、マジですげえ。親父《おやじ》、これってあれだろ？　刺されたら三日は痺《しび》れて動けねえ、大土蜘蛛《おおつちぐも》の標本だよな？　なあ小さいの見てみろよ。このもったりと膨《ふく》らんだ赤黒い腹！」

「……」

「お、その三面魚《さんめんぎょ》の彫刻の裏にあるのは、もしかしてフラムマ族の仮面かよ。つけると五年以内に死んじまうって噂《うわさ》の、南の諸島群に伝わる呪われた逸品だ。……やべえ。やっぱ内陸とは動く品物がちがうぜ。あっちを向いてもこっちを向いてもお宝だらけじゃねーか。なあそうだろ小さいの！」

「……」

丸皿に似た目を輝かせるトフェルに、ぼんやりと立つニナは答えない。

喧噪《けんそう》と人いきれで、呼び込みの声さえかき消される王都ギスバッハの港湾地区。

船着き場から網《あみ》の目《め》状に広がる路地の一角で、狭い道幅を奪い合うように屋根を連ねる屋台や露店。己の髪を見ながら染色料を品定めする老婦人や、模造品の冠を悪戯《いたずら》して怒られる子供。塩で傷んだ金属製の長靴《ちょうか》を洗浄に出す騎士に、アーモンドの匂《にお》いがする揚《あ》げ菓子を食べる娘。海風にさらされた灰色の街並みを、多種多様に染める陳列品をまえに、ニナはやはり心ここにあらずといった顔で立ちつくす。

トフェルは雑貨屋の店主が、お客さん、危険です、と制止するまもなく、呪われた逸品という仮面を手にとった。

かぽりと装着してニナの肩に手をまわす。え、と見あげてくるニナに、犬歯をむき出しにした骸骨面《がいこつ》を近づけた。

小さな身体《からだ》がひゃ、と跳ねる。

そのまま尻もちをついたニナは、強《したた》かに打った尻に顔をゆがめた。眉《まゆ》をよせてトフェルを見あげる。

「な、なにするんですか。いきなり……！」

骸骨面をつけたトフェルは、ふん、と鼻を鳴らした。

「なにするんですか、じゃねえ！　ちょっと見張りで失敗したからって、いつまでもうじうじすんな。しゃっきりしねーと、同じまちがいをくり返すぞ。あとおれが五年以内に死んだら、おめーのせいだからな。責任とって団舎《だんしゃ》の十字石《じゅうじせき》に、古今東西《ここんとうざい》の珍奇なお宝を供えろよ？」

「えと、あの、す、すみません」

当然の口調でまくしたてられたニナは、いきおいにおされて謝った。外套《がいとう》をととのえながら立ちあがる。トフェルは、よし、とうなずくと、ずいと掌《てのひら》を出してくる。

「そういうわけで、金貸して」

「え？」

「おれ、今回はおまえが白目をむいて失神する材料を、一カ月分は仕入れて帰るつもりだからよ」

「貸してって、だってトフェルさん、火の島杯の報奨金《ほうしょうきん》をぜんぶ持ってきたんじゃないんですか。それに、わたしに悪戯する品物を買うお金を、わたしが貸すって、な、なんか変です」

「報奨金なんか、おまえがいじけてるあいだに半分は使っちまったし。お姫さまのお茶会のせいで日程がおして、吟味《ぎんみ》してる時間がねーんだよ。つうか、暗いうえに小姑《こじゅうとめ》なみに面倒な屁理屈《へりくつ》とか、マジでうぜえ奴だな。もういいよ。金なら自分でつくるから」

お金ってつくれるんですか、というニナの問いを無視して、トフェルは店主に向きなおる。

これは取り置きでな、と不気味な仮面を店主に返した。いくばくかの小金を支払うと、王都ギスバッハの相場動向をたずねた。

トフェルとニナは一般的な外套姿だが、手には騎士の指輪を身につけている。国家騎士団員たる身分をあらわす団章は、リーリエ国章の刻まれた正角型の印台に隠され、一見すると国の公務に携《たずさ》わるものの指輪に見える。異国ながらある程度の身元保証があるのか、店主はここ最近の相場表を見せてくれた。

高騰《こうとう》しているのはとくに武具と、麦に木材。

下落しているのは鉄鉱石。

　ガルム国に縁の弟王子が国王となって以来、政情不安の噂が絶えないシレジア国は、軍事関係の品目が高くなる傾向があった。それが火の島杯の災禍《さいか》で各国が軍備拡張をはじめたこと、代理競技に出場する代騎士団を選ぶ競技会が開催されたことで、〈騎士〉の雇用費とともに、武具はいっそう値上がりしているとのことだった。

　トフェルは、ふーんと鼻を鳴らした。

「シレジア近辺は夏の大嵐のせいで、今年は凶作なんだろ。旧フローダ地方じゃ困窮《こんきゅう》した農民が蜂起《ほうき》したって話も聞いたし、それに木材か。砦《とりで》の建設にも欠かせねえうえに、テラの丘の変事で内陸交易に支障が出たりで、造船の需要《じゅよう》も高まってる。下の街の連中は食えねえし暖《まき》も取れねえしの、しんどい冬になりそうだな」

「へえ。薪にする木材はキントハイト国からの輸入が多いんですが、竜爪諸島の近海は昨今、海賊《かいぞく》被害が多発してましてね。つい先日も大船団がやられました。同じ被害にあったナルダ国をふくめて、沿岸の三カ国で検問を張ってるらしいんですが、どうにも鼻のきく奴らで」

　店主は渋い顔をする。トフェルは相場表を指でたどった。

「だけど鉱石の相場がさがってるのはなんでだ？　鉄鉱石の産出国であるバルトラムは王《おう》

甥《せい》の反乱でがたついてるし、武具の需要もあがってるんだろ？」

「それがつい最近、宰相閣下《さいしょうかっか》が大量に売りさばきましてね。この品薄の状況で、売り時に合わせた仕入れはまったく見事です。さらなる高騰を見込んで、在庫を出し渋ってた連中が青くなってました。ギスバッハの相場は高下が激しくて、乗りこなせるのは女宰相パウラだけって評判です。代理競技に出場させる代騎士団も、大金を積んで凄腕《すごうで》の護衛を集めたらしいですし、王冠をかけた商売も〈大儲《おおもう》け〉はまちがいないでしょう」

店主は、しかしお客さん、買いつけにきた商会関係の方ですか、と感心したようにたずねる。悪戯道具専門のな、と真顔で答えたトフェルは、腕を組んで考えこんだ。やがて化《け》粧品《しょうひん》や高級織物など、婦人用奢侈品《しゃしひん》を扱う店の場所を店主に確認した。

破天荒な行動に悩まされることは多いが、トフェルは多方面の知識がある。やりとりの半分も理解できず、ニナが戸惑っていると、港湾を遠望していたトフェルが不意に目を見はった。

やべえ、話の長えおっさんだ、と嫌な顔をする。え、と見あげたニナの肩をぽんとたたくと、じゃあな、奴の命石《めいせき》は任せたぜ、と身をひるがえした。

ニナはあわてて声をあげた。

「あの、任せたって、トフェルさ……」

「おお、そこにいるのは一昨日、大失態をやらかしたリーリエ国の見習い——いやそうだ、〈少年騎士〉とやらではないかね」

覚えのある声音《こわね》に視線を向けると、えらの張った堂々たる顔立ちの中年男性が、こちらに歩みよってくる。

外套の裾《すそ》から紫の軍衣《ぐんい》をのぞかせた中年男性は、数名の若い男性を連れている。髪油で頭髪をなでつけた男性たちは大荷物を抱えて、やはり外套の合わせ目からは大剣の鞘《さや》が見てとれる。

「どうも。こ、こんにちは」

ニナは背筋をのばして立礼《りつれい》した。

クロッツ国騎士団長——レオポルドは腕を組み、むすっとしてニナを見おろした。

「出迎えにきた友好国の警兵に弓を射かけるなど、あのような不始末をしでかしながら、能天気に買い物か。まったく呆《あき》れてものが言えぬ。さすがは万事にもっていい加減な、リーリエ国騎士団員だな！」

「す、すみません。でもあの、わたしは買い物にきたわけでは」

弁解しかけて、ニナは口ごもる。その不始末への報告もかねた到着の報せを、団舎《だんしゃ》に送るために下の街に出たのだとは言いづらい。

　リーリエ国一行が王都ギスバッハの王城──〈貝の城《ムル・シエル》〉に入ったのは、昨日の夕刻のことだ。

〈貝の城〉は海にせり出した岸壁にあり、崖《がけ》の内部を利用した構造になっている。主要街道から上の街を経て到達する玄関口は城の中層階に位置し、巻き貝に似た主塔が海原《うなばら》を背にそびえ立つ。岸壁には内部空洞に造られた部屋の出窓が見え、最下層は水上競技場へと空中回廊《かいろう》でつながっている。

　使節団は国ごとに客室の塔を与えられたのだが、待遇は賓客《ひんかく》である外交特使へのそれだ。荷下ろしのために侍従《じじゅう》たちが厩舎《きゅうしゃ》に待機し、部屋付きの小姓《こしょう》にハーブ茶をふるまわれ、雑用にかかずらうこともない。しかし到着日が遅れた影響で、日程がずれこむこととなった。

　明後日の代理競技をまえに、明日は水上競技場にて前日祭が開催され、遺児側の代騎士団のお披露目などが予定されている。したがってリヒトは国王の急逝《きゅうせい》以来臥《ふ》せっている王妃を見舞い、その後は外務官を交えた通商協議に夜会と、大忙しだ。

　一方で随行団員《ずいこうだんいん》は、午後の自由行動を許された。

　兄ロルフは当日の審判部役のために、客室のバルコニーから眼下の水上競技場を観察している。ニナは副団長ヴェルナーへの報告書を出しに、下の街で買い物をするというトフエルに同行した。配達人に送付を依頼して、流れのまま港湾地区へとまわった。

シレジア国はリヒトの生国であり、ニナ自身もはじめて訪れる地だ。郷土菓子のクレプフェンを食べたり、南方地域とちがうという海の色を見てみたいと考えていた。けれど結局は気もそぞろに、トフェルのあとを無為についてきただけだった。

うつむいたニナに、団長レオポルドは言葉をつづける。

「シレジア国の宰相閣下は元海商で、奢侈品の取引で先の国王に気に入られたと聞いていたが、商才だけではなく慈悲《じひ》にも恵まれたのは幸いだ。しかしだからと言って、おまえの失態が許されるはずもない。見習いにしては物の道理がわかる娘と思っていたが、正式な団員だったと知ればいかにも駄目だ。自覚がなさすぎる」

「は、はい。あの、申しわけありません」

「競技場にて誠心《せいしん》を示す国家騎士団とて、制裁に従軍する可能性は誰にでもある。つまりはどんな変事にも動揺《どうよう》しない、冷静沈着な姿勢が肝要《かんよう》なのだ。発見した相手の素性《すじょう》をたしかめるのは、哨戒役《しょうかい》の基本中の基本。それが、つい焦って誤射してしまった、とは何事か——」

ぶつぶつと小言《こごと》を言われ、ニナは肩をちぢめた。

西方地域杯での出会い方がまずかったのか、先の火の島杯をふくめて、クロッツ国騎士団長には注意されてばかりの気がする。それでも戦闘競技会《せんとうきょうぎかい》において誠心を尊《とうと》ぶ姿勢は、他国の騎士団長として尊敬している。そしてニナのやった失態は、どんな叱責《しっせき》を受けても弁解のできぬ不始末だった。

トフェルには、勘弁しろよ、こんな仰天《ぎょうてん》は笑えねーんだよ、と目元をおおわれた。兄ロルフは腕を組んで、むっつりと黙りこんでいた。

そしてリヒトは。

——申しわけありません宰相閣下。見張りとして確認を怠《おこた》った、こちらの団員の不手際《ふてぎわ》です。すべての責任は、使節団を率《ひき》いるわたしにあります。

頭をさげた姿が脳裏《のうり》をよぎり、ニナは唇を結んだ。

いいかね、見張りとはそもそも、と声を大きくする騎士風の男と、うなだれている小柄な少女。上司に怒られている見習い騎士だとでも思われたのだろう。雑貨屋の店主や路地を流れる人々が、ちらちらと視線を投げるのを感じながら、ニナは一昨日のことを思いだす。

森での一件ののち、ニナは女宰相たちを案内する形で本陣へと向かった。そのころちょうどトフェルが、遭遇《そうぐう》したクロッツ国の使節団とやってきたところだった。西方地域の北東部に位置するクロッツ国は、ガルム国の主要街道からシレジア国へ入る方が早い。ところが旧フローダ地方での農民蜂起の噂《うわさ》が伝えられ、それを避ける形で南下し、シュバイン国経由でシレジア国を目指している途中だった。

ニナはリーリエ国を代表する〈ラントフリート〉に、次第を説明して頭をさげた。外務官や兵たち、そして、まあ、なんて迂闊《うかつ》な不始末を、と眉《まゆ》をひそめたエリーザ姫の前で。

事の重大さに青ざめたニナに対して、女宰相パウラは、いいえ、とんでもございません、と首を横にふった。

――火の島杯の災禍で社会不安が広がるなか、不幸にも国王陛下が病で倒れ、そして王冠を懸けた代理競技が決定されました。遺児マルセル殿下はいまだ幼く、母王妃さまもたいそう心許《こころもと》ない思いをされています。小さき弓の一矢《いっし》で、武勇の誉《ほま》れ高きラントフリート王子と縁が結ばれれば、これに勝る幸運はありません。

寛大な対応に救われたが、場合によっては外交問題に発展した可能性もあった。騎士として未熟な失敗はなんどもあるけれど、それでも自身の失態で、リヒトに頭をさげさせたことはなかった。

リヒトの助けになりたいと考えていたのに、足を引っ張ってしまった事実は、ニナの気持ちを重くさせた。火の島杯で上位四カ国に入ったリーリエ国騎士団員として、兵たちから敬意を向けられながら、期待を裏切るような問題を起こしてしまったことも。

そしてまた、ニナの心に引っかかっているのは。

——案外と今回の外交は、上の方が仕組んだ仕切りなおしの縁談だったりな。

噂話の真実はニナにはわからない。でも火の島杯で〈ラントフリート〉の評価が変わったなら、ありえない話ではないと思った。そしてエリーゼ姫の様子を見るかぎり、縁談がリーリエ国の〈辞退〉だったのは、おそらく本当だ。ならば姫にとってリヒトは、西方地域杯で見初《みそ》めた王子のままで——

くどくどとつづいていたレオポルドの言葉が不意に止んだ。

団長、奥方に命じられた扁桃油《へんとうゆ》の店が見つかりました、という声がする。

ニナが視線をやると路地が交わるあたりで、クロッツ国騎士団員らしき男性が手をあげていた。数百もの店舗《てんぽ》が密集する港湾地区は、隘路《あいろ》と高層建築のせいで、はじめて訪れるものには案内人が必要なほどわかりづらい。少しまえにはマルモア国の侍従たちが、地図を手に、やはり店を探しているところを見かけた。

おお、よし、と安堵《あんど》の声をあげたレオポルドは、大荷物を抱えた団員を連れてその場を去った。

路地に消える後ろ姿に立礼をして、ニナは、ふう、と溜息をつく。思わぬところで思わぬ人物に会ってしまった。そしてトフェルは、どこに行ったかわからない。

閉塞《へいそく》感のある狭い路地と、時折り吹きぬける冷たい海風のせいだろうか。油断すれば押し流されそうな喧噪《けんそう》は、春先に訪れた南方地域の、のんびりした港街とは雰囲気《ふんいき》が異なる。

ニナは足早に通りすぎる人々と、崖上の〈貝の城〉を頼りなく見やった。

部屋付きの小姓には日暮れまでには帰ると伝えてある。時間的な余裕はまだあるけれど、迷子になったり事件に巻きこまれたり、新しい街の一人歩きはニナには鬼門だ。不始末をしでかしたばかりで、これ以上、おかしな問題を起こしたくはない。

――でも上の街から階段で通じる大通りは、船着き場までつながっていると聞きました。せっかくなので海を見て……ああでも、携帯用の筆記用具は置いてきてしまいました。メルさんに手紙を出すなら、いちど部屋に戻って書いてから……。

そんなふうに迷っていると大通りの方から、蹄鉄《ていてつ》が石畳《いしだたみ》を弾く音が聞こえてくる。

路地を埋める人垣の向こうに、漆黒《しっこく》に獅子紋章を描いた国旗が――キントハイト国の国旗が見えた。

槍の穂先に括《くく》られた国旗は、外交使節の先触れとなる旗持ち騎士が掲《かか》げるものだ。

代理競技には五カ国が参加するらしいが、海路でくるキントハイト国とナルダ国はまだ到着していない。立会人には高位の貴人や外務卿《がいむきょう》がなると耳にした。そして公式競技会などで交流のあるキントハイト国騎士団長イザークは、国王の義弟だと聞いている。

――もしかして。

ニナは、すみません、とおしてください、と、人混みをかき分けて大通りに出た。

期待を込めて見やれば細面《ほそおもて》の男と——国境の森で誤射したニナを取りおさえた、シレジア国の副警兵長と目があった。

「あ——……」

そろいの制帽をかぶったシレジア国の警兵にかこまれて、王城方面への坂をのぼっていくのは、貴族風の高齢男性だった。つきしたがう随行団員らしき騎士たちにも、見覚えはない。

立ちつくすニナに、副警兵長は乾いたまなざしを投げた。

警兵とは王城から城下、近海の警備まで広く受けもつ役職のものだと女宰相から説明された。本来であればシレジア国騎士団が中心となっていたが、管轄《かんかつ》する老軍務卿が王兄にしたがい王都を去ったため、空いた穴を埋める目的でつくられたのだと。

弓を射かけて不審者の捕縛《ほばく》を妨げたニナに、当然だがいい感情は抱いていないだろう。それでも副警兵長は礼節として頭をさげると、キントハイト国使節団にしたがい、大通りをすすんでいった。

馬蹄《ばてい》が石畳を踏む音が消えて、やがてもとの喧騒《けんそう》があたりを満たした。

ニナは落胆に息を吐く。不慣れで気の張る役目に、知り合いが一人でもいれば心強いと思った。ましてイザークはマルモア国の〈赤毛〉同様、ニナにとっては頼りになる存在だ。他国の騎士団長ながら迷ったときに助言を与え、手を差しのべてくれた。

そこまで考えたニナはふと、ゼンメルの言葉を思いだした。

――そうだな。……うん。まあやってみよ。

メルの〈先生〉を捜索する許可を願いでたとき、ゼンメルは思案の末にうなずいた。リーリエ国に帰国してまもないころの執務室だった。ただし雲をつかむような試みである以上、騎士団の公務としては認められないと。

危険だと反対されることも覚悟していたニナは安堵したが、それきり書類仕事に戻ってしまったゼンメルに、なんとなく肩透かしを食った気持ちになった。あのときに感じた物足りないような感覚は、〈赤毛〉やイザークがいないと知ったときの気持ちと、似ている気がする。

午後を知らせる鐘が遠く鳴った。

ニナはぼんやりする頭をふる。やっぱりどうにも、今日は心がさだまらない。ここは大通りぞいの屋台でクレプフェンだけ買って、王城に戻ろう。そんなふうに思って額に乱れかかる黒髪をかきあげたとき、横合いからどん、と衝撃を受けた。

「――！」

体勢を崩したニナの目に、ひるがえった自分の外套《がいとう》が映る。

考え事をしていて誰かにぶつかってしまったのか。すみません、と周囲を見まわすと、人混みに消えていく外套姿の少年が見えた。

剣帯《けんおび》がなんだか軽い。胸騒ぎを覚えたニナが腰元に手をやれば、剣帯に入れていた書筒《しょづつ》がない。

「！」

――ど、泥棒⁉

弾かれたように振りかえると、すでに少年は雑貨屋脇の小路へと吸いこまれていく。

ニナは即座に走りだした。


通行人をかきわけて小路へと入る。大人がやっととおれるほどの通路の先、建物のあいだに消えていく影が見えた。

「待ってください、それは、大事な！」

ニナは制止の声をあげて少年のあとを追う。けれど木箱や酒樽《さかだる》が積まれた、道ともいえない道を走るのは、小柄なニナであっても至難《しなん》の業《わざ》だ。

　高層の建物にかこまれた周囲は薄暗く、立てかけられた戸板が行く手をさえぎる。また小路には、似たような風体《ふうてい》の子供が幾人もいる。壁際に身をよせあい木切れを燃やして暖をとっている子供たちは、ニナの目を惑わせる。

　坂をのぼって階段をおり、用水路の橋を渡ったところで少年を見失った。

　焦るニナだが、メルと自身をつないでくれるものを簡単には諦められない。息を切らせて必死に探すと、やがて潮の匂《にお》いがきつくなってきた。用水路には小舟が浮かび、間口の広い建物が連なっている。壁に手をついて肩で息をするニナの耳に、ふと怒声のようなものが飛びこんだ。

　――……？

　あたりを見まわすと、少し先の建物のあいだから小さな影が――探していた少年が、いきおいよく転がってくる。え、と呆気《あっけ》にとられたニナの足元に、少年の手から離れた書筒の布袋が、ぶつかって止まった。

　用水路の柵《さく》に打ちつけられた少年は、腕をおさえて呻《うめ》いている。そばかすの日立つ顔に殴打《おうだ》の痕を見たニナは、書筒を拾いあげながら駆けよった。大丈夫ですか、と少年の背中に手をかけたニナは息をのむ。すり切れた外套ごしの身体《からだ》は、骨が浮きでるほどに痩《や》せている。

——こんなに。

ニナの目が動揺《どうよう》に揺れた。それでも、なにが起こったのかと見やれば、用水路脇の通路に数人の男の姿があった。

海風にひるがえる外套から、厚手のチュニックと片手剣をのぞかせた男たち。荒《すさ》んだ目つきが国境周辺で見かける野盗《やとう》を思わせる彼らは、ぐったりした子供を抱えている。

「な、なにをしているんですか！」

ニナが声をあげると、男たちがはっと視線を向けてきた。

警戒の気配を放ったが、少年を支えるニナの全身を見てとると、なんだ、また仲間のガキか、と鼻を鳴らす。ニナの背から見えている短弓《たんきゅう》に考えるそぶりをしたものの、男たちは嫌な笑いを浮かべて小声を交わした。

用水路に係留された小舟がぎい、と軋《きし》んだ。

大通りの喧噪《けんそう》から離れた薄暗い一角。流れる空気は、競技会で開始の銅鑼《どら》が鳴るまえに近い。

なにが起こっているのかなどわからない。けれど反射的にニナが短弓に手をのばしたのと、男たちが走りだしたのは、ほぼ同時だった。

「——！」

日々の訓練や数々の競技会を経て、ニナの弓射までの動きはまばたきに近い。

しかし矢羽根を離そうとした直前、男の一人がなにかを投げた。ばさりと音が広がり、上空にかかった蜘蛛《くも》の巣状のものが、放たれた矢ごとニナを絡めとる。

投網《とあみ》だ、と思ったときには、動きを封じられたニナの身体に男たちの腕がのびていた。悲鳴をあげた口に、ガキはこれでも食ってな、と、小さい塊《かたまり》が放りこまれる。

甘い味と感触は飴菓子《あめがし》のそれだ。頭に布袋がかぶされ、ここにきてニナはようやく彼らが、人さらいではないかと思いあたった。王女ベアトリスに、港町でさらわれたら海の上で、値札をつけられて売られると注意されたのを思いだす。

——まずいです。このままでは。

口の中に入れられた飴菓子からは、痺《しび》れるような感覚が舌に広がっていく。じたばたと暴れるニナの足に縄がかかった。不始末をしでかすどころか、これでは行方《ゆくえ》不明になってしまうと思ったとき、唐突《とうとつ》に全身の拘束《こうそく》が緩《ゆる》んだ。

「！」

怒声が飛んで剣戟《けんげき》が聞こえる。

石畳に投げだされたニナは、打ちつけた痛みを堪《こら》えて首をふった。頭の布袋をどうにかはずすと、閃《ひらめ》く剣身が目に入った。

──もしかしてトフェルさんが……いえ、ちがいます。

焦茶の髪の青年が、男たちと剣を交えている。

カンカン、と軽快な刃音を放つ青年の得物《えもの》は、新月のような細身の曲刀。

外套を生き物のように躍らせる青年は、建物の壁を足がかりに跳躍すると、用水路の小舟に飛びうつる。あがった水しぶきに男たちが気をとられた隙《すき》に、用水路の柵に手をかけて反転すると、男たちの背後をやすやすと奪った。身軽な動きは、多勢が展開できない狭《きょう》隘《あい》な場所に慣れているように見える。そしてあきらかに、対峙《たいじ》する男らより強い。

不利を悟ったか、男たちが身を返した。

その足音が消えるのを待って、青年は曲刀を剣帯におさめる。

けほ、と軽く咳《せ》きこんだ。港湾から差しこむ夕陽が、右頬《みぎほお》に火傷《やけど》痕の残る青年の顔を、赤く染めた。

「その菓子は出した方がいいと思うぜ」

唐突にかけられた言葉に、ニナは、え、と声をあげる。

青年は、路地の隅に横たわっている男の子に近づいた。顔色や呼吸を確認して、建物にもたれるように男の子を座らせる。付近に落ちている布袋を手にすると、なかからビスケットや飴菓子などを取りだした。匂いを嗅《か》いで口に含み、すぐに吐きだす。

「……ろくでもねー奴はどこにでもいるな。吉草《きっそう》と砂糖を練《ね》りこんである」

「吉草？」

「鎮静効果のある北方地域の薬草だ。怪我《けが》をしたときに麻酔《ますい》として使うことがあるから、大きな港街ならたまに見かける。毒じゃあねえけど、摂取量によっては意識を消失する」

「意識を消失……」

ニナはあわてて、口中の飴菓子を吐きだした。

路地の石畳に銅色の玉が転がる。いまだ目覚めない男の子を見やり、じゃあその子は、とたずねると、青年はうなずいた。

「おそらくな。渋みを誤魔化《ごまか》すのに菓子にしたんだろ。……たちの悪い連中が、女や子供をさらうときに使うことがあるんだ。女なら酒。貧民街《ひんみんがい》の腹を空かせてる子供なら、菓子をあげるって騙《だま》してな。眠ったところを麻袋に入れられて、気がついたら遙《はる》か海上の船のなか……って寸法だ」

溶けかけた飴菓子をニナは恐々と見やった。いくら短弓が使えても、眠らされては抵抗できない。青年が助けてくれなければ本当に、船の上で値札をつけられていたかも知れない。

ニナは身体《からだ》に絡まった投網をはずす。

矢筒《やづつ》から出た矢羽根に網が引っかかり、苦労していると、青年が曲刀で網を切ってくれた。

立ちあがって乱れた外套《がいとう》をととのえ、ニナは青年にお礼をのべた。青年は、はしっこそうな顔に苦笑いを浮かべる。

「そんなのいいって。……あんたには、あの森で助けられたし」

「え？」

「……いや、うん。まあ、たまたまとおりかかったんだけど、大事にならなくてよかったよ」

ニナはあらためて周囲を見まわした。

大通りから砂時計一反転くらいは移動して、路地の先には船着き場が見える。付近の建物は大型のものが多く、高めの位置にある窓は鎧戸《よろいど》が閉まっている。水路に小舟が係留されているところを見ると、海商が交易品を保管する倉庫街だろうか。

青年は南方地域で使われる曲刀を腰にさげている。この場にいたことと、腕が立つことを考えると――

――水上競技場でおこなわれる代理競技のために、海上での戦闘に長《た》けた商船の護衛が集められていると聞きました。明日はお披露目の模擬《もぎ》競技ですし、もしかしてこの方が。

聞いてみたい気もするが、代騎士団は対立する利害関係者それぞれの武器だ。勝利のために、手の内は直前まで明かさないものだと教えられている。

男たちに殴《なぐ》られたらしい少年が、ようやく起きあがった。お腹をおさえて小さな男の子に駆けよると、膝をついてのぞきこむ。大丈夫か、おい、と声をかける少年を見やり、ニナは青年に、街役人の詰所の場所をたずねる。

麻袋や投網を持っているなど、男たちは手慣れていた。同様のことが起こってはいけないとの判断からだったが、しかし青年は、止めときなよ、と首を横にふった。

「役人に通報したって無駄だ。路上で生きる子供はほとんどが、氏素性《うじすじよう》もわからない孤児だからな。〈そこに存在していない子供〉がどうにかなったって、役人は動かない」

「えと……それって、どういう意味ですか」

「普通は生まれたときに教会で、誕生した国の民として記録されるだろ。その台帳は、租《そ》税《ぜい》をさだめるもとになったり、国家騎士団に入団するときに照会される。記載のないものは公的に存在しない。だからさらわれても傷つけられても、国の役人が動く義務はない」

「公的に……存在しない……」

眉根《まゆね》をよせてくり返したニナに、青年は軽く笑う。理由はそれだけじゃないけどな、と少年に向きなおった。

「おまえもその方がいいだろ。土地勘のない異国人から金目のものを奪って、似たような風体《ふうてい》の子供がうろついてる路地を逃げる。引ったくりの常套《じょうとう》手段だ。もちろん、初めてじゃないよな？」

「……っ」

「ああ、責めてるわけじゃない。上の街の連中は堂々と、民から盗んだもので自分たちの王冠のために、騎士を買いあさってるんだからさ。ただ小さい子供を留守居させるときは気をつけな。年長者が外で金を稼《かせ》いでるあいだに、思わぬ事故が起きることもある。それより——」

青年は、拾いあげた菓子の袋を少年に示した。

「さっきの逃げっぷりから見ると、おまえ、この街はわりと長そうだな。助け賃ってことで、ちょっと聞きたい。こんなふうに菓子を使った人さらいは、よくあるのか？」

少年は探るような目で青年を見やる。それでも支えている男の子を、腕のなかに庇《かば》いながら答えた。

「……よくもなにも、ここいらの港街じゃ普通だろ。いまさら話題にもなんねーよ」

「なるほどな……うん。じゃあもう一つ。港湾地区を警備してる制帽の連中——警兵が、この倉庫街で積荷を運んでるところを見たことはないか？」

「……知らね。海上警備用の御用船を眺めてただけで、弟が追い払われたことはあるけどな。……つうかなんなんだよあんた？」

少年が警戒もあらわに言ったとき、男の子が不意に身じろぎをした。

薄目をあけて、兄ちゃん、お船は、と問いかけた身体を、少年は背負いあげる。青年とニナからじりじりと距離をとると、一気に走りだした。

「え、あ、あの」

あっというまに小さくなる少年の後ろ姿に、ニナは呆気《あっけ》にとられる。

青年は、やれやれという顔で苦笑した。

「無理もねーか。野良猫は、警戒心が強くないと生き残れねえ。親切面《づら》して近づいてくる奴が、実はいちばん厄介《やっかい》だったりするしな」

しかしいい足だね、と、少年の消え去った小路を見て目を細める。

紡《つむ》がれた言葉と優しげなまなざし。ニナは南方地域の港街で、街の少年に金貨を与えたリヒトをなんとなく思いだした。

ぼんやり見つめてくるニナの視線に気づいたか、青年が、どうかしたか、という顔を向けてくる。

ニナはあわてて首をふった。少年たちが去った方角をあらためて眺めると、やがて唇を結ぶ。小さな子供を傷つけるような連中が野放しにされるのは複雑だ。けれど訴え出ても対処してもらえないうえに、被害者の少年自身が引ったくりなどをしていたのなら、彼らだけが罰せられる可能性もある。

——それにしても。

リヒトもたしかシレジア国で、親を亡くしたり、親に捨てられた仲間と暮らしていたと話していた。少年を追いかける路地で、やはり薄汚れた風体の子供たちを何人も見た。

ニナは青年に問いかける。

「あの、シレジア国では先ほどのような……その、路上で暮らす子供が、たくさんいるのでしょうか?」

「そうだな。シレジアにかぎらず、海沿いの国は人の出入りが多いぶん商売も盛んだ。十に満たない子供でも日銭が稼げる仕事もあるし、国家連合の制裁で国を失った民が流れてくることもある。国情が安定してる内陸国の、お屋敷に住んでるお貴族さまには馴染《なじ》みのないことだろうけどよ」

「内陸国のお貴族さま?」

怪訝《けげん》な顔でくり返すと、青年は、ああ、とニナの左手を指差した。

「その指輪の白百合《しらゆり》紋章。……リーリエ国の国章だろ? 代理競技には西方地域の国からおえらいさんが集まるって、街でも噂《うわさ》だからさ」

「たしかにわたしは、リーリエ国からきたものです。でも貴族ではありません。普通の……なんというか山奥の村の出身、です」

「……村娘？」

「は、はい」

うなずくと、青年はぽかんと口をあけた。

やがて唐突《とうとつ》に咳《せ》きこむ。苦しげに身体を折った姿に、ニナは、あの、大丈夫ですか、とあわてて声をかけた。

青年はしばらく肩をふるわせていたが、平気だ、というふうに、のぞき込むニナの前に片手を立てた。

「冬の夕風はやっぱ駄目だな……いやごめん。なんだ、てっきりおれ」

そっか、村娘かと、青年はなぜだか嬉しそうに微笑んだ。

火傷《やけど》痕の残る顔を、不意に倉庫街の先へと向ける。ニナがそれにならうと、建物のあいだから細く見える茜空《あかねぞら》を背景に、崖上《がけうえ》にそそり立つ〈貝の城〉が遠く見えていた。

どこからか夕の鐘がひびき、帰巣をはじめた海鳥の群れが視界をよぎる。青年は、そろそろ時間だなと、已に言い聞かせるようにつぶやいた。

「……もう薄暗いし、安全なとこまで送ってやりてえけど、おれ、これから用事があるんだわ。下の街の裏路地はさっきみたいな連中も珍しくないからさ。遠回りだけど船着き場まで出て、中央桟橋《さんばし》からの大通りを使った方がいいぜ」

青年はニナを誘い倉庫街を抜ける。

静かに凪《な》いだ海は夕陽を受けて、赤と金に染まっていた。

港湾の外れにある灯台では早々と灯がともされ、夕闇に帰港する船の道しるべとなっている。青年は中央桟橋のあたりを指し示すと、頭をさげたニナに手をあげた。

係留されている船影が長くのびる港を、けほ、と乾いた咳をもらして去っていった。

◇◇◇

「——それでね、遺児殿下が王冠を触りたがって大泣きしちゃってさ。父国王の死去も理解できない御幼少じゃ無理ないんだけど、女宰相がお菓子をあげて誤魔化《ごまか》して……ああそうなの、お茶をふるまわれたあとに、王の間に案内されてさ。で、その王冠、玉座にのせられてるんだよ？　たかだか金属と宝石の塊《かたまり》が、えっらそうな椅子《いす》に座ってて、侍従《じじゅう》がすまし顔で……うん、このクレプフェン美味《おい》しい。粉砂糖の感じかな。甘いのにくどくない。

ね、どこで買ったの？」

　リヒトは、頬《ほお》を栗鼠《りす》のように膨《ふく》らませてたずねた。

「えと、中央桟橋前の大通りを、少しのぼった先の、です」

　ニナは紙袋から、クレプフェンを皿に出しながら答える。追加してもすぐにリヒトの腹のなかに消えてしまうので、一つ目の紙袋はこれで空《から》っぽだ。

「よし覚えた。今週中には帰国予定だから、そのときに買って帰ろう五十個くらい。でね、その王の間の柱、みーんな、真珠《しんじゅ》と貝殻《かいがら》で飾られてるの。壁灯が反射すると柱自体が輝いて、玉座までの道を導いてくれるんだって。女宰相が先王の好みに合わせて改修したらしいんだけど、柱の役割って建物を支えることじゃないの意味わかんないし。あ、こっちもすごく美味しい。アーモンドの香りが懐かしいっていうか……そっか、揚《あ》げ油だ。アーモンドはシレジアの特産品だもんね。で、どこのお店？」

「えと、たしか下の街から上の街に出る、南の階段の横だったかと」

「記憶した。これも買って帰ろう忘れずに。こんないい仕事するアーモンドを扁桃油《へんとうゆ》にして美容に使うとか、貴人の感覚ってほんとわかんない。どこまで話したかな。そう柱。一本で、おれたちの給金半年分はかかって……んっ、うぐ」

　興奮気味にまくし立てていたリヒトが、唐突に喉《のど》をおさえた。

ニナはあわてて果実水《かじつすい》の木杯を差しだす。クレプフェンを喉に詰まらせたリヒトは、苦《く》悶《もん》の表情で杯をあおった。

目の前では巨大な暖炉《だんろ》に炎が爆《は》ぜている。

むせ込んだ長身のつくる影が、壁にかけられた大きな航海図に映った。シレジア国近海から竜爪諸島を描いた船のための地図。その傍《かたわ》らに小さな自分の影があるのを見たニナは、どこか現実感のない気持ちで、〈ラントフリート〉から〈リヒト〉に戻った恋人の背中をなでる。

海に面した客室の出窓は、夜の海風を受けて小刻みにふるえている。

——リヒトがニナの客室にやってきたのは、夕食が終わってまもなくのことだった。

夕の鐘が鳴った時点で船着き場にいたニナは、目についた屋台でクレプフェンだけ買って崖上の〈貝の城〉に帰った。クレプフェンはかつてリヒトが素性《すじょう》を偽るときに所属騎士団名にしたほど、彼が気に入っている郷土菓子だ。粉砂糖がまぶされた球形のドーナツで、なかには果物のジャムが入っている。

公務で時間がとれないリヒトに、できたら渡せないかと多めに購入してきたが、あいにくとリヒトは居館での夜会に向かったあと。やむなく次の機会を待つことにし、トフェルと兄と三人で夕食をとったが、ニナはその時点でうつらうつらしていた。

持久力の向上はニナの課題で、基礎訓練をかさねてはいるが、引ったくりや人さらいにあえばさすがに疲れる。砂時計二反転は路地を走ったし、船着き場から崖上の王城までは長い階段もある結構な難路だ。

明日の前日祭では随行団員《ずいこうだんいん》として、審判部役をするための配置確認もある。客室に戻って支度《したく》をし、早めに休もうとカーテンを閉めようとしたところ、窓の外にリヒトがいた。

落ちれば海まで真っ逆さまの高所。

上着を海風にはためかせて、にこ、と笑った恋人。

悲鳴をおさえるのは苦労した。それでもニナは上階の客室から紐を使っておりてきていた彼を、なかへと導き入れる。入れるなり、むぎゅーっと抱きしめてきたリヒトは、九日ぶりのニナだ、と溜息をついた。本物だ、妄想じゃないと、ニナの顔中にキスを落として、もういちど胸のなかに抱えこんだ。

道中でも王城でも人目だらけで、〈王子〉が〈女騎士〉の客室を訪れるのも外聞が悪い。こうでもしないと帰国まで話もできないと訴えてきたリヒトは、丸卓に置いてあった焼き菓子の紙袋に目を輝かせた。ニナは小姓《こしょう》に飲み物を頼んで、予想外のお茶会をすることになったのだが——

喉に詰まったクレプフェンを飲みくだし、はあ、危なかった、と胸をさするリヒトを、ニナはぼんやりと眺める。

夜会から戻ってすぐに来たのか、リヒトは飾り石ボタンのブリオーに、幅広のズボンという格好だ。腰帯には百合紋章の短剣をさげて、やはり銀の白百合が刺繍《ししゅう》された生成色の上着をまとっている。派手さはないが控えめな雰囲気《ふんいき》が、むしろ上品さを引きたてている。

気安く話せなかった期間が長かったせいか、見慣れない衣装だからか。団舎《だんしゃ》と変わらぬ姿を見せるリヒトに、ニナは不思議な気持ちになる。

海風で乱れた金髪は爽《さわ》やかな髪油の匂《にお》いがした。暖炉の炎に彩られる端整な横顔を眺めていると、視線に気づいたリヒトが振りむいた。

ん、なに、とのぞきこまれて、ニナは急いで首を横にふる。見ていたことを誤魔化すように、不揃いな金髪に埋めこまれた、細い金輪に目をとめて言った。

「いえあの、リヒトさんが髪留めをされてるの、珍しいなあって思って」

貝殻もついているんですね、と観察すると、リヒトは、ああうん、仕方なくね、と額のうえを触る。クレプフェンにかじりつきながら、言葉をつづけた。

「あの女宰相からの贈り物。こういうの苦手なんだけど、話の流れでさ。名目は故国王へささげたお悔《く》やみへの〈返礼品〉なんだけど、小型商船一つの海商から内務卿《ないむきょう》、果ては一国の宰相まで出世したやり手らしいよね。衣装に宝石に化粧品《けしょうひん》、もろもろ馬車つきで返されてさ。マルモア国のゼリー姫……ええと、特使なんかは大喜びだったけど、目録を確認するのも大仕事」

その返答に、ニナは、あ、という顔をする。

一昨日の誤射事件。あの場では王子に対する騎士団員としてしか対応できず、その後も個人的に接する時間はなかった。

ニナは手にしていた紙袋をいったん置く。

リヒトに向きなおると、居住まいを正して頭をさげた。

「あの、国境の森で宰相閣下の一行に矢を射かけてしまったこと。……本当にすみませんでした。ヴェルナー副団長から哨戒《しょうかい》を経験する機会をいただいて、トフェルさんにも教えてもらったのに。リヒトさんにご迷惑をかけるような失敗をしてしまって、わたし……」

真摯《しんし》な謝罪に、リヒトは、うん、と片眉《かたまゆ》をあげる。口中のクレプフェンを飲みこむと、粉砂糖のついた手を軽くふった。

「あれなら大丈夫。おれも一時はどうしよう、面倒な事態になったらそれを口実にニナと国外逃亡もむしろ悪くな……じゃなくてね。小さな弓の一矢《いっし》で縁が——って女宰相の言葉を聞いて、あーそっかって。向こうにとっては貸しが一個ってとこで、むしろニナに感謝してると思うよ？」

「わたしに感謝……って」

戸惑い顔でたずねると、リヒトは少し考えてから告げる。

「ニナはガルム国が、ガウェインを脅《おど》しの手段に使って、戦闘競技会制度を利用してたの知ってるでしょ？」

あ、はい、とニナは答える。ここ数年のあいだ、ガルム国は〈殺さなければ反則ではない〉という戦闘競技会の規則につけこんでいた。

シュバイン国との麦の貸与問題や、リーリエ国の王女ベアトリスへの求婚問題。相手国から意に添わぬ対応をされると、領土問題などを理由に、その帰属をさだめる裁定競技会を申し立てる。相手騎士団を壊滅状態にさせて勝利する。そしてふたたび、懸案の外交交渉を持ちかける。

拒絶されれば理由をつくって裁定競技会を申し立てる。それをなんどもくり返す。ガウェインはガルム国にとって、他国を脅すための武器であり、自国に利する有益な道具でもあった。

指についた粉砂糖をなめて、リヒトはつづける。

「シレジア国も同じで、ガウェインの圧力でガルム国出身の母を持つ弟王子が国王になった。兄王子は納得しなかったけど、仮に内乱を起こせば、ガルム国が兵を侵入できる許可

──行軍許可状を得て、国王の加勢に入る。だから我慢するしかなかったんだけど、そのガウェインは消えた」

「つまり、兄王子への抑止力がなくなってしまった、ということですよね」

「そうそう。しかもその国王が、王太子をさだめないまま急死して王権が宙に浮いた。……ああそうだ。なんか病死ってのは建前《たてまえ》で、実際は転落事故死らしいって」

「転落事故死？」

「夜会のあとにバルコニーへ出て、お酒のせいなのか変な男の幻覚を見たとかで。この男は誰だって、おどろいた拍子に崖下《がけした》の海へ落ちたんだって。贅沢《ぜいたく》が好きで昼寝ばかりしてる怠惰《たいだ》──のんびりした国王だったみたいだけど、ご遺体は近くの漁港まで流されてたらしいし、さすがに気の毒」

　ああごめん、話がそれたね、とリヒトは苦笑する。

「そんなわけで、もともと不安定だった国情が揺らいだ。国王の遺児を新王に推す女宰相は、商船の入港手続きを簡略化したり、税制の優遇措置《そち》なんかで王都の富裕層に支持されてる。領地に引っこんでる王兄には、軍務卿をはじめとする国家騎士団の関係者が味方してる。そこで北の隣国であるナルダ国が仲裁《ちゅうさい》に入った」

「ナルダ国……あの、ベアトリス王女殿下とご婚姻のお話が出た、新王陛下の治められる」

思いだしたニナがたずねると、リヒトは、うん、とうなずいた。

「オラニフ殿下……陛下ね。ナルダ国は戦火を避けて王位継承問題を解決するために、代理競技を提案した。王権の所在が不明だと、行軍許可状が出せなくて他国が介入できない。だから王権をさだめて近隣諸国の兵を抑止力に、軍事衝突を防ごうとしてる……って感じ?」

「ええと、新王となれば王権をよりどころに他国へと協力を要請できる。他国の軍隊を……なんというか〈赤い猛禽〉の代わりにして、負けた側に恭順を求められるということで……あ、だから女宰相は、わたしの誤射を不問に?」

「たぶんね。他国の協力ってもそれぞれに思惑もあるから。西方地域のすべての国が〈都合のいいガウェイン〉になってくれる保証もないし。だから女宰相が直々にお出迎えの賓《ひん》客《かく》待遇で、弔意《ちょうい》の供物《くもつ》へのお礼が、返礼品って名前の〈贈り物〉だったりね」

肩をすくめたリヒトは、外務官からの受け売りだけど、と、代理競技と国々について説明してくれた。

シュバイン国はもともと日和見《ひよりみ》の外交姿勢で、ラトマール国は小競《こぜ》り合いが散発している南方地域への国防を理由に、どちらも欠席。ガルム国は不調のつづいていた王太子の交代にくわえて、夏の大嵐で王都に風害が出たことで、やはり欠席。

クロッツ国は審判部長失職で揺らいだ国威を、外交的成功で挽回《ばんかい》しようとしている。リーリエ国が参加したのは、内乱になれば親交の深いナルダ国に被害が生じる恐れがあるから。そのナルダ国王オラニフは特使代表となる予定だったが、旧フローダ地方の農民蜂起《ほうき》への対処で動けず、キントハイト国の大貴族がその任を引き受けた——

はあ、なるほど、と聞き入っていたニナだが、あることに気づくと、顎先《あごさき》に手をやって考えこんだ。

近隣諸国の協力を抑止力に武力衝突が回避されるなら幸いだ。しかしいまの話はあくまで、遺児殿下が新王となることを前提としている。

戦闘競技会はなにが起こるかわからないと、団長ゼンメルはよく言っていた。もしも王兄側が勝利したら、自身を追い落とした弟の子供である遺児殿下を、穏便に扱うとは思えない。仮に遺児殿下に助けを求められても、王権を得た王兄が行軍許可状を出さなければ、他国は介入できない。

そんな心配を口にすると、リヒトは、紙袋の底に残っている粉砂糖を未練がましく集めながら言った。

「うん、それは女宰相もじゅうぶんに承知してて、だから代理競技のまえに勝ちを決めてる」

「競技のまえに……勝つ？」

「破格の賞金で代騎士団を決めるための競技会を開催して、水上戦闘に強い商船の護衛を根こそぎかき集めて……しかもここだけの話、王兄側が声をかけてた騎士まで数倍の雇用費で引きぬいたって。噂《うわさ》だと、一人あたり金貨三千枚？」

「金貨……三千枚……」

呆然《ぼうぜん》とくり返したニナに、リヒトは薄く笑う。

「まあ女宰相にしたら、一世一代の大商《おおあきな》いだろうけどさ。名門貴族のなかには、〈贈り物〉で成り上がった彼女と距離をおくものもいるみたいだけど、この勝負に勝てば見方も変わるでしょ。母王妃は表に出る感じじゃないし、御幼少の遺児殿下が新王になれば、シレジアの実権は彼女のものだろうから」

ニナは国境の森で言葉をかわした女宰相パウラを思いだす。

孔雀《くじやく》羽根の華やかな防寒着を長身にまといながら、白粉《おしろい》が輝く顔立ちは柔和《にゆうわ》だった。それでも片眼鏡《かためがね》の下の目には、大波浪《だいはろう》と呼ばれる相場で巨財を成したという海商らしい、隙《すき》のない光が閃《ひらめ》いていたと思う。

しかし金貨三千枚といえば、庶民《しよみん》が十年は暮らせる金額だ。そんな途方もない大金を惜しげもなく使い、自身の推す遺児殿下に王冠を与えようとしている。

ニナは一介《いっかい》の騎士団員で、シレジア国の内政に口を出す立場ではない。女宰相がどういう形で問題を収めても、王兄側が勝利して軍事衝突となり、国土や民が傷つくよりはいいのかも知れないけれど。

――責めてるわけじゃない。上の街の連中は堂々と、民から盗んだもので自分たちの王冠のために、騎士を買いあさってるんだからさ。

ニナは倉庫街で出会った青年の言葉を考えた。

罪は罪として擁護《ようご》してはいけないと思う。けれどニナの書筒《しょづつ》を盗んだ少年は、びっくりするほど痩《や》せていた。弟らしき男の子は、菓子につられてさらわれそうになった。雑貨屋の店主は麦や木材が高騰《こうとう》していると話していた。路地裏で見かけた子供たちにしても、いまごろは身をよせあって、空腹や寒さをしのいでいるのだろうか。

ニナは目の前で燃える暖炉《だんろ》を見やった。

じゅうぶんすぎる薪材《まきざい》のおかげで、鎧下《よろいした》一枚という姿でも寒くない。賓客用の部屋は、団舎《だんしゃ》という古城に住むニナでも感嘆《かんたん》するほど広くて豪華だ。天井飾り付きの円柱が、寝台のある一角や出窓部分を小部屋のように分けていて、真新しい衣装箱や鏡台が壁灯に輝いている。小姓《こしょう》が焚《た》いてくれた花香は心地よく、毛足の長い絨毯《じゅうたん》は身体《からだ》が埋もれそうに柔らかい。

なんとなく後ろめたい気持ちになったニナは、王女ベアトリスが、〈銀花の城《ラルジャン・フルル》〉に引き取られた当時のリヒトは王族の待遇を嫌がっていた、と話していたことを考えた。苦労した仲間や母親のことを思って、気が引けていたのではと。

こういう感覚なのかと想像して、〈黄色い鼠《ゲルプ・ラッテ》〉だと嘲笑《ちょうしょう》されていた幼いリヒトを昼間の少年にかさねた。酒場で暮らしていたころの彼は、あんなふうな少年だったのかと眉《まゆ》をよせたニナの頭に、とん、と柔らかいものがあたった。

——え?

頰《ほお》をなでるのは滑らかな上着の感触。顔を向ければ隣で腰をおろしていたリヒトが、ニナに身体をもたれさせている。焼き菓子の紙袋を手にしたまま目を閉じて——寝息をたてている。

「リヒトさん……」

ほんの少しまえまで会話をしていたのに、いつから寝てしまっていたのか。

困惑するニナだが、やがて無理もないことだと思った。到着が遅れた影響でリヒトの予定は、早朝の鐘から休む間もなく目一杯だ。対応する相手は他国の要人で、王族としての振る舞いが求められたり、各国の利害が絡んだ気の張る内容ばかりだろう。

だけどリヒトは本当にこれが初めての外交なのかと思うくらい、順調に役目をこなしている。着飾った青年貴族のなかでも際立《きわだ》つ端整な外見のせいか、最初から〈銀花の城〉で生まれ育った王子のように見えるほどだ。

——リヒトさんはこんなに頑張っているのに、わたしは。

リヒトの寝息を耳に、ニナはうつむいた。

誤射の件につづいて、今日も不注意から揉《も》め事《ごと》に巻きこまれた。結果的には両方とも大事にいたらなかったけれど、国家騎士団員として恥ずかしくなる。トフェルにも、しゃっきりしないと同じまちがいをくり返すと、忠告されていたのに。

集中力を欠く原因がマルモア国の兵から聞いた噂話ならば、その真偽をリヒトにたずねた方がいいようにも思う。だけどあくまで憶測の類《たぐい》で、リヒト自身はラントフリートの役目に専念しているだけのように見える。またなによりニナは誤射の報告をしたとき、失敗の原因を〈不審者の発見に焦って確認を怠《おこた》ってしまった〉と説明してしまっている。

エリーゼ姫らのまえで、まさかに真実は話せなかった。いまさら本当のことは言いづらい。それに私情にとらわれて騎士の公務に支障をきたしたと、リヒトにはなるべく知られたくない。

遠くで波の音が鳴った。

客室は海に面しているので、窓を固く閉めていても潮のざわめきは聞こえる。

もたれかかるリヒトはだんだんとずり落ちてくる。大人と子供ほどの体格差で、寝入った身体を支えるのは難しい。

それでも起こさないように、ニナは床についた腕に力を入れた。自分の頭に頬をのせたリヒトの口からは、深い寝息が落ちてくる。触れているのは馴染《なじ》みのない衣装だけれど、感じる体温は覚えがある温かさだ。

なんとなく安堵《あんど》したニナは、いつしか目を閉じている。

包みこむ熱に身を任せていると、リヒトのまぶたが不意に動いた。鼻先をくすぐる黒髪を認めると、恋人を枕にしていたことに気づいて身を起こす。やばい、しまったとあわてて、口元の焼き菓子の欠片《かけら》を急いでぬぐった。

「……ごめん。せっかくの貴重な時間なのに。ていうかどうせ寝るなら膝枕とか抱き枕とか、もっと魅惑的な姿勢があったのにおれの馬鹿。久しぶりに二人になれたら、なんか安心しちゃって。あれって思ったら懐かしい夢のなかっていうか」

ニナは、いいえ、と首を横にふる。

「少しでも休めたならよかったです。懐かしい夢……シレジア国の夢ですか？」

「うん。波の音のせいかな、満ちてくる気配がして。はやく帰らなきゃ道が消えるって……」

「満ちる？　道が消えるって、えと」

意味がわからずニナがたずねると、リヒトは、ああ、とうなずいた。

「海には……なんていうか、海面の高さが変わる日があってさ。潮が引くと岩場や海底が出てきて、貝や魚がとれるの。普段は行けない場所に行けたり、珍しいものを見つけたりできて。だけど気をつけないと潮が満ちて――」

――扉がたたかれる音が聞こえた。

小姓が飲み物のお代わりを持ってきたのかと、飛びおきたリヒトが円柱の裏に隠れるまえに扉があいた。

ひょい、と顔をのぞかせたトフェルは、いたよ、やっぱここだわ、と、とくにおどろきもせず言った。

「お楽しみのとこ悪いけどよ。マルモア国のお姫さまが用事だって下まで来てて、おまえを客室に呼びにいった小姓が、呼んでも返事がないって騒いでる。中隊長が体調不良じゃないかって心配して……ああ、おーじでんかは風邪《かぜ》を引かない特異体質だって、ちゃんと説明しといたから大丈夫だぜ？」

「……それ、説明じゃなくて普通に悪口だから。ていうかほんとにお楽しみだったら、扉には閂《かんぬき》でロルフには薬を盛ってるから」

胸をなでおろしたリヒトは、嫌そうな顔でトフェルを睨《にら》む。

「で、用事ってなに？　まさかまたお茶会じゃないよね。夜会ではシレジア国貴族令嬢たちと、奢侈品《しゃしひん》談義で耳が痛くなるほどお喋《しゃべ》りしてたのにまだ足りないんだ。新年祭用のドレスがどうの流行《はや》りの化粧法《けしょうほう》がどうの、こっちは表情筋が疲れて痙攣《けいれん》しそうなのにさ。あそれとも、無駄に話しすぎて喉《のど》が渇《かわ》いたってこと？」

「足りねー頭で嫌みを言うなよ。どうせ、そうですね、なるほど、それはすごいの、三語しか使ってねーくせによ。国を代表してきた特使として、おーじでんかと相談したいんだとさ。なんか女宰相さんに、前日祭で随行団員《ずいこうだんいん》に親善競技をやってもらえないかって、打《だ》診《しん》されたみてえで」

――足音の質が変わったことを察したロルフは、目をあけた。

手提灯《てさげとう》がぼうと照らす客室の中央に、ずっと立ちつくしていた。打ち込みとともに日課としている瞑想《めいそう》の時間は、あらゆる雑念を捨て去って、凪《な》いだ湖面のごとき心の静謐《せいひつ》に身をゆだねる。

海風が出窓を揺らして、時の鐘が鳴っても微動だにせぬ集中ではあったが、気配の変化にだけは神経が反応する。騎士を育《はぐく》む村で幼少時より教育をほどこされ、また左目を失ったがゆえに鋭敏になった知覚のせいであった。

ロルフは耳をすませる。

小姓、兵、マルモア国の特使、中隊長、トフェル――なにかことが起こったのはまちがいない。さりとて、剣帯《けんおび》に手をかける類のことではない。

狼と称される瞬発力と、同等かそれ以上に鋭い野性の感覚。己の無意識下で動く神経は、対峙《たいじ》する相手騎士の実力を正確に伝え、ときに不可解な疑問をロルフに与える。反応した己自身と原因となった事象の関係が、読めないことがある。

階段をくだっていくリヒトの足音を耳に、ロルフは、国境の森で感じた気配のことを思いだした。

正体をその目で確認するまで、ロルフが想像していたのは命を手にかけることに慣れた無頼《ぶらい》の徒《と》だった。テララの丘で対峙した、反乱の一味と極めて近いような集団。だから兵を連れて急行した。そして青ざめたニナと女宰相、シレジア国の警兵らを見たときに、一瞬、虚をつかれた。

――その隻眼《せきがん》、ああ、あなたが高名なリーリエ国の一の騎士の。

柔らかく微笑《ほほえ》んだシレジア国女宰相パウラと、海獣のような風貌《ふうぼう》の警兵長に乾いた目の副警兵長。そして国章を戴《いただ》いた制帽が借り物にも見えた、数十名の屈強な警兵たち。

ロルフとて、己の感覚が絶対だと過信するつもりはない。ニナが確認を怠《おこた》って弓射した件には、不注意の原因となっただろう金髪の男を思えば、腹立たしさしか感じない。それでも彼の妹もまた、未熟であっても騎士がなにかを感覚で知っている。そして女宰相らのことを考えたロルフの指先は、やはり剣帯を探している。

「…………」

青海色《あおうみ》の隻眼に思案が浮かんだ。

〈騎士〉であることを核とする彼は、ある意味で単純な男だ。

随行団員として科された役目をこなす過程においては、リヒトでさえも、当然に〈王子殿下〉でしかない。だから他国の要人や王城の警備を担《にな》う役職のものが、仮にどういう素《す》性《じょう》であったとしても、リーリエ国に不利益を及ぼさない――火の島の平穏を揺るがさなければ、基本的には関知することではない。

海風が窓硝子《まどガラス》を大きく揺らした。

岸壁の突端にある王城で、しかも海に向かって突きでた出窓は強い風圧をもろに受ける。カーテンを閉めようと窓辺に近づいたロルフは、家々の灯が星屑《ほしくず》のように輝く崖下《がけした》を見やった。シレジア国の将来を決める競技会の舞台となる水上競技場は、深淵の闇のような海に抱かれて眠っている。

ロルフの肌がざわめいた。

ふたたび剣帯に指を這《は》わせかけて、そんな己に眉根《まゆね》をよせた。

「わからない……。おれは、なにに対して反応している……?」

低い声でひとりごちた。強敵に対してというのならば、明日披露される予定の代騎士団だろうか。自身には経験のない、水上戦闘に長《た》けているというものたち。

そこまで考えたロルフはふと、火の島杯の開会式を思い浮かべた。展覧競技で技を競った破石王《はせきおう》の一人、南方地域の沿岸にあるエトラ国の騎士団長。

海鳥のような跳躍力は予想以上だった。しかし同じく破石王であるキントハイト国騎士団長イザークが、酒を酌《く》み交わした際に、あれは海の狩人《かりゅうど》だ、水上と陸上ではまったくちがう、と話していたのを思いだす。〈隻眼の狼《アイン・ヴォルフ》〉は大地に生きる獣であり、海では牙をもがれて犬に成りさがるとも笑っていた。ゆえに経験のない水上競技場は、以前より気になっていた。

遺児側の代騎士団は、そのエトラ国騎士団長と同じように、船上での護衛を生業《なりわい》としているものを集めたのだという。今日の夕刻に集合した彼らは、明日の顔見せののち、会場に係留された宿舎の船にて明後日の本番を待つのだと聞いた。海の恵みに育《はぐく》まれたシレジア国は、王家の催事の多くを、海の上でおこなうのが慣習となっている。

一方で王兄側の代騎士団は、すでに南シレジアの領地を発《た》ち、海路にて明日中には沖合に到着する見通しらしい。名代として率《ひき》いるのは王兄の忠臣である老軍務卿《ろうぐんむきょう》。伏せられている代騎士団の全容はさだかではないが、シレジア国騎士団の復帰者を主体にするだろうとの話だった。めぼしい騎士を女宰相に奪われて、結局は、ガウェインに大怪我《おおけが》を負わされた〈死に損ないの騎士団〉に頼るしかなかったと。

シレジア国は遺児をおす女宰相と、王兄をおす老軍務卿とで割れている。ガウェインに壊滅させられたシレジア国騎士団は、管轄《かんかつ》する老軍務卿が王兄についたことで、再建もままならず中途半端な状態におかれている。

国家騎士団が国を守る要《かなめ》であるならば、王都ギスバッハはとうにその守護を失っている。

中天の月は満月に近づいていた。

なにかが迫るように、潮は静かに満ちている。

ロルフは剣帯に手をかけて、暗い海をその瞳に映した。

4

「シレジア国の王権をさだめる代理競技は、いたずらな軍事衝突で民を苦しめないことを目的とする、平和のための戦闘競技会《せんとうきょうぎかい》だ。それに華をそえる親善競技を仰《おお》せつかったこと、安寧《あんねい》のために大剣を振るう騎士としてこの上なき誉《ほま》れだと、感涙に打ちふるえるばかりである。そうだな、諸君！」

クロッツ国騎士団長レオポルドは、腕を組んで言いはなった。

命石《めいせき》をいただいた兜《かぶと》の飾り布が、海風にさっとなびく。

「キントハイト国の五名は、主力である正騎士でも、陣所入りできる交代騎士でもない。ナルダ国の三名は図体《ずうたい》こそ大きいが、昨年の西方地域杯に参加した団員ではない。我らが力を合わせれば勝利はまちがいなし！　ここは火の島杯で上位八カ国に勝ち残った強国として、誇りと誠心《せいしん》を見せつける絶好の機会だろう」

戦闘競技会用の装備に身をつつんだ姿は、一国の騎士団を率いるにふさわしい威風に満ちている。下知《げち》を与える相手は、同じ紫の軍衣《ぐんい》をまとった四名の騎士と、濃紺《のうこん》に白百合《しらゆり》の軍衣をまとった三名の騎士。

レオポルドは言葉をつづける。

「それにしても先だっての火の島杯は、我が国にとってまったく口惜《くちお》しい結果となった。未曾有《みぞう》の災禍《さいか》により、勝利を確実視された第五競技に臨《のぞ》めぬという不運にみまわれた。また我が国の理事である審判部長が、事実無根の疑惑にて職を追われるという、理不尽な悲劇にもあっている。国王陛下のお嘆《なげ》きはいかばかりか。ここは騎士として結果を出し、雄々《おお》しい勝利にて、シレジアの地に我がクロッツ国の名誉を……」

「あのさーおっさん。じゃなくて、レオポルド団長」

気だるげな声が、延々と終わらないレオポルドの口舌《こうぜつ》をさえぎった。

凧型盾《たこがたたて》の持ち手を調整しながら、トフェルは水上競技場《リントヴルム》の待機場所に集まる十数名の侍《じ》従《じゅう》に目をやった。侍従たちは銅鑼《どら》や砂時計など、国家連合の審判部が扱う道具を手にしている。

「あいつらが今日の審判部役だろ。演説はいいんで、そろそろ競技会運びっつうか、位置取りとか受けもつ相手を決めねえと、まずくねえの？」

そう告げて、南側のまとめ役を引き受けた、クロッツ国騎士団長レオポルドを見やる。

通常の競技場を海の上につくった構造の水上競技場。

階段状の観客席がぐるりと円を描く中央には、引きこまれた海水に巨大な板が浮いている。連結した木樽《きだる》に厚板を敷きつめた競技板の大きさは、長さ百四十歩、幅百歩の中競技場程度とされる。木杭はない。競技板と渡し板でつながる観客席の一角が、休憩場所である陣所として木柵《もくさく》で区切られている。

シレジア国は南北に長い沿岸国で、北シレジアと南シレジアに大きくわけられる。海流の影響を受ける地域もあるが、北部にある王都ギスバッハの十二月は、やはり寒い。

千五百人ほどが収容できる観客席は、冬用防寒具を着こんだ見物人で埋まっている。明日の代理競技と異なり、会場点検と代騎士団の披露目をかねた前日祭は祝祭色が強い。上段の通路には地方競技会と同じく、軽食の屋台がいくつか出ている。港湾地区へつながる出入り口は街民に開放され、商人や旅行者、見聞のために訪れたらしい騎士風の集団も見てとれる。

崖上の〈貝の城《ムル・シエル》〉からまかれた花弁が、水しぶきとともに散った。

開始時間が迫るなか、レオポルドはトフェルの問いに対して、うむ、とうなずいた。

「競技会の進行については……そう、各自が臨機応変にな」

「臨機応変？」

「それぞれが流れを読み、場に応じた適切な対処をするように、ということだ。いたずらに作戦を決めて自主性を損なうのは、わたしの本意ではない。騎士に必要なのは誠心と気高い心。そして自由だと、わたしは思っている」

「……ようするに、わかんねーから適当にやれって？」

トフェルが眉をよせると、レオポルドはえらの張った大きな口元をへの字にする。

「失敬《しっけい》な！　このわたしがそんな適当なことを言うはずがなかろう。だからして――……臨機応変だ。ああ、言っておくが、むろんすべて自己責任だ。騎士たるもの、行動の結果は己で負わねばな」

当然の顔で言い切って、胸をそらした。

トフェルは胡乱《うろん》な目つきでレオポルドを見た。どんな状況でも最善を考え、責任はわしがとる、と断言する、自国の騎士団長ゼンメルを脳裏《のうり》に描く。

妙に達観した表情で口を開いた。

「……うちってまともだったんだな。つうかあんたら、意外と苦労してんだな」

憐憫《れんびん》のまなざしを向けられたクロッツ国騎士団員は、顔を見あわせる。ややあって止めたばかりの凧型盾《たこがたたて》の持ち手を、落ちつかない様子でやり直した。

一連のやりとりを見ていたニナは、こっそりと考える。

――なんというか……だ、大丈夫なのでしょうか。

急ごしらえの隊とはいえ、競技に必要なのは意思疎通《そつう》や団結だ。また競技会で観戦した程度の関係性では、騎士個人の細かな癖《くせ》や傾向などもわからない。ニナは不安な気持ちで、借りものの兜の留具を調整する。

今回の代理競技が西方地域各国の信認を得ている証《あかし》として、随行団員《ずいこうだんいん》の方々に親善競技をお願いできないでしょうか――

女宰相《おんなさいしょう》パウラから提案があったのは昨夜のこと。

五カ国の特使は相談の結果、その申し出を承諾《しょうだく》した。

随行団員はもともと代理競技の審判部役が役目だ。観戦するよりも競技をした方が、水上競技場の特質をつかみやすい。また前日祭では貴族所有の私設騎士団による模擬《もぎ》競技もおこなわれる。そのなかで自国騎士団の実力を披露することも、威を示すという意味で悪い話ではなかった。

そんなわけで急遽《きゅうきょ》、マルモア国をのぞいての四カ国により、八名対八名の親善競技がおこなわれることとなった。

予定外の戦闘競技会ということで、ニナも昨夜は矢筒《やづつ》の中身や弓弦《ゆんづる》を点検するなど、日が変わるころまで対応に追われた。甲冑《かっちゅう》こそ自前だが、戦闘競技会用の兜や盾は城下の武具屋から用立てられた。いちおうは小型のものを用意してもらえたけれど、団長ゼンメルが武具の専門家として採寸したようにはいかない。

不安定な兜の留具を確認したニナは、少し離れたところに立つ兄ロルフが、険しい顔をしていることに気づいた。

海風がニナと同じ黒髪を舞わせる。やはり同じ青海《あおうみ》の目の先に視線をやって、ニナは表情を曇らせた。

──あちらは準備万端のようです。そしてなんど見ても、すごく強そうです。

競技板を隔《へだ》てた南側の陣所では、キントハイト国とナルダ国の騎士団員が集まって相談を交わしている。漆黒《しっこく》に獅子紋章の軍衣も雄々《おお》しい五人の騎士たち。そして白地に花冠という清楚《せいそ》な軍衣をまとった、巨人のごとき体軀《たいく》の三人の騎士たち。

親善競技の組み分けは、くじでおこなわれた。

公平性を考慮《こうりよ》した方法だとニナは思うが、キントハイト国とナルダ国は沿岸国で、リーリエ国とクロッツ国は内陸国だ。海に親しみがあるかという点を考えると、不利な気がする。

また実力という点からも、キントハイト国騎士団は主力である正騎士の座をめぐって、三百人もの団員が剣を競うと教えられた。控えの騎士だけで火の島杯の上位四カ国に入った戦績を考えても、通常の国家騎士団と同じ感覚でとらえていいはずがない。

ナルダ国騎士団とは公式競技会で対戦したことがなく、火の島杯も先王の病臥《びょうが》を理由に欠場している。王女ベアトリスと縁談の噂《うわさ》のある国王オラニフは、謙虚な好人物だと聞いている。

自然と親しみを覚えていたのだが、競技場への回廊《かいろう》で会ったナルダ国騎士団は、日焼けした肌に長髪の大男たちだった。己の剣帯《けんおび》ほどの背丈しかない騎士を奇異に思ったのだろうか。天井に近い位置から無言でじっと見おろされ、強面《こわもて》には慣れているニナでも、ひ、とあとずさるほど恐ろしげだった。

ニナはその視線を兄ロルフへと向けた。

誤射の一件から、ニナは兄に近づきづらい。罵倒《ばとう》されていなくとも、むっつりと腕を組んだ兄の姿は、自身の未熟さを痛感するにじゅうぶんだった。日ごろ多くない口数がさらに減った気もしていた。

それでも少し考えると、あの、と声をかける。

「兄さまは、その、こういう場所で競技をした経験がおありですか?」

ロルフは北側の陣所を見ながら、いや、ない、と答えた。

「水上競技場はここシレジアと、南方地域ではエトラ国をはじめとする沿岸の数国、東方地域では内陸国の湖にあると耳にした。シレジアのそれは公認競技場目的で建設したが、破石《はせき》だけではなく落水も退場扱いになるなど、特殊な場ゆえ公平性の観点から認定されなかったそうだ」

「たしかに、慣れている騎士とそうでない騎士で、不公平になりますね」

「この国では主に、王族の記念行事や地方競技会で使われているらしい。競技板は昨日観察したかぎりでは、波の複雑な動きに左右されるように思える。大きさは目測だが、公認競技場用に設計した所以《ゆえん》か、中競技場よりはかなり広い。八人制ならば混みあうほどではないが、落水には注意すべきだろう」

はい、とうなずいたニナは、海面に浮かんでいる数隻《せき》の小舟に目をやった。甲冑《かっちゅう》をまとって海に落ちれば、金属の重量で一人では海面にあがれない。万一の際はすぐさま救助できるように、潜水に長《た》けた漁師たちが待機している。揺れる小舟の下の海は南方地域で見たそれと異なり、濃い青海だ。海面に小魚が泳いでいるが、かなり深いのか、水底までは見えない。

心許《こころもと》なさに唾《つば》をのんだニナは、観覧台に視線を向けた。

崖上《がけうえ》の王城と回廊でつながる貴人用の観客席。いつもの競技会ならばニナの隣にいて、矢筒の中身を確認してくれるリヒトは、〈ラントフリート〉として観覧台にいる。

競技場へ向かうまえに、各国の特使は自国騎士団員にそれぞれ声をかけた。

——キントハイト国の威を示せ。

——お任せします。オラニフ陛下の御心のままに。

——よろしいですかレオポルド団長。クロッツ国もあなたさまのお立場も、今回の外交特使にかかっているのです。火の島杯で救出活動もせずに逃亡した一件。義歯で歯は治っても、不名誉の傷はぬぐえません。舅殿《しゅうと》である軍務卿《ぐんむきょう》も、さすがにこれ以上はかばいきれないと。

——楽しみですわ。リーリエ国はたいそう強いと聞きました。うちの騎士団とちがって、王族に恥をかかせるような真似《まね》はなさらないでしょう。ラントフリート王子のいない穴は、しっかり埋めるのですよ。ですわね、王子殿下？

マルモア国の特使エリーゼ姫はそう言って、傍のリヒトを見あげた。

リヒトは眉根《まゆね》をきつくよせて、にっこりと笑った。そうですね、なるほど、それはなんとも説明が、と曖昧《あいまい》に濁したリヒトに、ニナは兄たちと立礼《りつれい》をささげた。

ニナは親善競技の決定を聞いたとき、正直なところ安堵《あんど》した。競技場はいまやニナにとって、ある意味でどこよりも馴染《なじ》んだ場所となっている。団舎《だんしゃ》の裏庭にある競技場は、言葉どおりのニナの〈庭〉だ。大きな公式競技会をなんども経験したおかげで、恐怖や緊張で足が動かないこともほとんどない。

だからニナはこれでやっと、随行団員として少しでも役に立てると考えた。誤射の一件を挽回《ばんかい》して、中隊長や兵たちの敬意に応え、〈ラントフリート〉の助けになることができるかも知れない。また親善競技で誠心《せいしん》をつくすことで、不注意で迷惑をかけたシレジア国に対して、多少なりとも報いることができるのではないか、と。

リヒトがいるだろう観覧台を遠く見あげて、ニナは短弓《たんきゅう》を強くにぎる。

──初めての水上競技場ですし、隊も急ごしらえで相手も手強《てごわ》そうです。だけどトフェルさんも兄さまもいます。リーリエ国騎士団の名誉に傷をつけないように、全力でがんばりたいです。

審判部役の侍従《じじゅう》たちが移動をはじめた。

通常の競技場とは異なり、競技部分の外側は海面だ。したがって侍従たちは観客席下方の通路から、破石の記録や接触事故の確認など、国家連合審判部の役目をこなす。

隊のまとめ役から臨機応変と指示されたトフェルは、ロルフとニナを呼びよせた。

なんでおれが、畜生《ちくしょう》、という顔で、口を開いた。

「競技場にも相手にも味方にも不安しかねーけど、ぐちゃぐちゃ言っても仕方ねえ。とりあえず一の騎士は自由にさせるべきだろ。だから小さいの、おまえの〈盾〉はおれがやる。

わかってると思うが、リヒトみたいに過保護にはしねーぞ。使えなけりゃ、速攻で見捨てるからな」

「は、はい」

「代理競技への信認ってよりは、四カ国の国家騎士団に協力を取りつけた……って、女宰相さんの政治力の誇示だろうけどな。胸に国章を戴《いただ》いてる以上、下手《へた》は打てねえ。団長に怒鳴られるのはまだしも、親父《おやじ》どもに酒の肴《さかな》にされるのもうぜえからよ。そういうつもりで、まあなんだ……うん。……そろそろ行く……か？」

覇気《はき》に欠ける下知に、ロルフは淡々と、ニナは小刻みにうなずいた。

侍従の合図を受けて、レオポルド以下八名の騎士団員は渡し板にあがった。観客席の声援を背中に、細い板から競技場部へとすすんだ。

海面に浮かぶ巨大な競技板。

ゆったりとただよう木製の大地にとん、と足を踏みいれた——次の瞬間、ニナは体勢を崩していた。

「きゃ⁉」

つんのめった小さな身体《からだ》に、つづいて降りたったロルフが手をのばす。しかし妹の腕をつかんだ兄もまた、長身を揺らがせている。

「――!」

片足を踏みこんで耐えたロルフは、慎重に周囲を見まわした。

さほど動いていないように見えた競技板は、実際に乗ると船の甲板とそう変わらない。波に左右されるのはむろん、乗っているのは金属製甲冑をまとった大男たちだ。渡し板からおりるたびに振動が伝わってくる。その影響はもっとも軽量なニナにあって、よけいに顕著《けんちょ》だった。

――こんな……こんなに揺れるなんて。

きゃ、え、と翻弄《ほんろう》され、短弓を必死に抱える。焦るニナの脳裏《のうり》に、南方地域で経験した商船での戦闘がよぎった。

地上と変わらぬ動きを見せた海賊《かいぞく》と、苦戦していたキントハイト国の青年騎士。腰が引けた姿勢でどうにか整列するニナの目に、悠々《ゆうゆう》と歩いているナルダ国騎士団員が見える。

これはまずいのではないかと考えていると、観覧台に立つ侍従が両手をあげた。

北と南、それぞれの側の国名が紹介される。女宰相や各国の特使が立ちあがると、観客席が大きな歓声に包まれた。人々の声援が静まるのを待ち、開始の銅鑼《どら》が鳴らされて砂時計が返される。

北側はキントハイト国とナルダ国。

南側はクロッツ国とリーリエ国。

人数は八名対八名、制限時間は砂時計三反転。休憩なしの親善競技が開始された。

「――！」

長靴《ちょうか》が板を鳴らし、十六名の騎士たちが走りだす。

潮風にひるがえる軍衣《ぐんい》は黒と白に、紫と濃紺《のうこん》。競技場であれば土煙が立っただろう先頭を行くのは、南側のまとめ役であるクロッツ国騎士団長レオポルドだ。

高らかにあげた大剣を陽光に煌《きら》めかせ、うおお、と雄叫《おたけ》びをあげて突進するさまは華がある。動作が大きくて迫力に溢《あふ》れ、思わず視線を奪われる。

不安定な足元に苦労しながら、トフェルにつづいて走るニナは目を輝かせた。さすがは国家騎士団長だと感嘆《かんたん》したのだけれど、紫色の軍衣を颯爽《さっそう》となびかせた身体は、唐突《とうとつ》に足をすべらせる。

「⁉」

レオポルドはもんどりうって転がった。

隊列の端にいたのが災《わざわ》いする。横転した身体はそのまま、競技板から落下した。ざん、と大きな水しぶきがあがり、手から投げだされた大剣に水滴が降りかかる。角笛が、彼の退場を高らかに告げた。

「レオポルド団長！」

ニナは競技板の端に駆けよった。

眼下の海にはすでに、小舟に待機していた漁師が飛びこんでいる。

海中に幾本もの救助用ロープが張られた。遅れて近づいてきていたトフェルが、呆気《あっけ》にとられて言った。

「……あのおっさんマジですげえな。さっすが噴火にびびって王族を放りだして逃走して、虫に仰天《ぎょうてん》して大怪我《おおけが》しただけのことはあるわ」

痛ましげな立礼をささげて、ふと気づいた表情をする。

団長、ご無事ですか、と集まってきたクロッツ国騎士団員に、この団長であの戦績なら、あんたら意外と使えるかもな、と期待に満ちたまなざしを向けた。騎士たちが複雑そうに顔を見あわせたとき、大剣と大剣がぶつかる音が飛ぶ。

ニナが視線をやると中央付近で、ロルフがキントハイト国騎士団員にかこまれている。

戦線が崩れたことで突破してきた相手隊を、防いでいるのだった。

「兄さま！」

一の騎士として狙われることに慣れているロルフは、多勢に対処する技術もそなえている。

本来であれば数名程度は問題ない。しかし相手はキントハイト国騎士団だ。そしてロルフ自身も様子がおかしい。普段なら回避できる大剣を盾で受けとめ、踏みこめる絶好の機会を逃している。

ニナは競技板に降りたったときに、体勢を崩した兄を思いだした。

波に合わせて揺らめいている、足場そのものに調子を乱されているのだろうか。そんなロルフの後方で、ナルダ国騎士団員の一撃を受けたクロッツ国騎士団員が、海中へと放りだされるのが見えた。つづけて同国の騎士がもう一名、足元をすくわれて競技板から落とされる。

ざん、と大きく飛んだ水しぶきと角笛の音。

この時点で相手騎士隊が八名に対し、こちらは五名。退場のすべては海への落下だ。

ここへきてニナはようやく、水上競技場の特殊な規則が持つ意味を理解する。通常と異なり、〈破石《はせき》〉にくわえて海への〈落水〉が退場処分とされている。つまりは命石《めいせき》のみを狙う必要がない。不安定な競技板では、プラム大の小さな石よりも身体の方が、攻撃を命中させやすいのは当然だ。

だとするとこの場での自分は――

手にした短弓を見おろしたニナに、同じことを考えたらしいトフェルが、ち、と舌打ちをする。

落水の飛沫《ひまつ》で濡れた競技板を見わたすと、大剣をにぎりなおした。

「作戦変更。おまえの弓はここじゃあ価値が半減だ。ロルフが落とされたら勝ちはねえし、おれはあいつを確保する。クロッツ国の連中と組んでもなんでもいい。なるべく悪あがきして時間だけは稼《かせ》げ。いいな」

「は、はい！」

ニナが答えるやいなや、トフェルは走りだす。競技板に散った海水を器用に避けると、ロルフに群がるキントハイト国騎士団員に斬りかかった。

「！」

爪型盾で防がれると、反動で均衡を崩したトフェルは唐突に反転した。上段に蹴《け》りを入れると見せかけて、なぜだか動きを止めると、下方から大剣をしならせて命石を狙う。かわされた大剣を空中で回転させると、逆手に持ちなおして横殴《よこなぐ》りの一撃をくわえる。

次々にくり出されるトフェルの攻撃は、脈絡がなくて変則的だ。決定力に欠けるが読みづらく、まるで彼の悪戯《いたずら》に近い。そんな競技会運びは、不思議なほど普段と変わらない。

不規則に揺れる競技板自体が、剣技の正確さを極めた兄には合わわず、逆に元から型にはまらないトフェルには適しているのだろうか。

そんなことを考えて、ニナは剣戟《けんげき》を交わしている、二人のクロッツ国騎士団員に目をやった。

トフェルに組めと言われたように、盾を持たないニナには〈盾〉をやってくれる騎士が必要だ。だけどリーリエ国騎士団として競技しているときとちがい、一人になったニナのもとに急行してくれる騎士はいない。こちらから願いでるにしても、二人の味方騎士のどちらが防御を得意とするのか、ニナは知らない。

躊躇《ちゅうちょ》しているニナの身体が、不意に大きく跳ねあげられた。

「きゃ！」

あっさりと競技板に転がされる。

あわてて身を起こせば、少し先に兜《かぶと》を失ったクロッツ国騎士団員が倒れていた。粉砕《ふんさい》された命石の破片が見てとれるが、そばには破石しただろう相手騎士の姿がない。

──ぎしりと板が軋《きし》む音がした。

ニナの全身に影がかかる。はっとふり向くと、三名のナルダ国騎士団員がニナを見おろしている。

「！」

ニナは弾かれたように立ちあがった。

すぐさま逃走をはかるが、まもなく競技板の角が前方に迫る。ニナがいたのはちょうど競技板の端に近い部分だった。そして相手騎士たちは、角をふさぐ位置に立っている。

「——……っ」

競技板をかこむ海面が陽光に煌めいた。

逃げ場がないことを察したニナは、矢筒《やづつ》に手をのばしながら振りかえる。破石されるのは避けられなくても、中央付近で交戦している兄やトフェルの助けとなるために、できるだけ時間を稼ぐこと。

それだけ考えて短弓《たんきゅう》をかまえ、相手騎士の一人に狙いをさだめるが、なにしろ圧巻の巨体だ。日焼けした肌に鋭い眼光の目。兜からは羊毛のような髭《ひげ》と長い髪がはみでて、軍衣の花冠紋章まで流れている。

間近で見あげると威圧感で足がすくむ。そして身長差がありすぎて、短い距離だと弓射の角度が難しい。

——命石を射ぬくには、この位置だと兜のつばが邪魔です。足場も揺れて矢尻がさだまりません。でも、これ以上さがったら海に落ちてしまいます。

逡巡《しゅんじゅん》するニナに対して、追いつめた側のナルダ国騎士団員は動かない。

大剣をだらりとさげた無防備な姿勢で、踏みだせばたやすく捕まえられる小さなニナを見おろしている。そのまなざしに、相手騎士に向けるはずの敵意はない。

——これは……？

困惑したニナは、やがてもしかして、と気づいた。友好目的の親善競技ではあっても、国章を戴《いただ》いた騎士が勝敗を競う戦闘競技会であることに変わりはない。けれど巨人のごとき三人の大男から見れば、小さなニナなど、警戒する必要もない対象なのかも知れない。

短弓のにぎりをつかむ左腕に、自然と力がこもった。

——それならそれでかまいません。相手として見られていないなら、むしろ好機です。

ニナは唇を結ぶと、思いきって矢羽根を離した。

「！」

無理な体勢から命石を狙った一矢《いっし》は、やはり兜のつばに当たって弾かれる。

即座に矢筒に手をのばし、立てつづけに矢を放つニナだが、難しい角度にくわえて覚束《おぼつか》ない足場、なにより必要以上に気負っているせいだろう。なんど打っても、矢尻は命石に当たらない。

なにもせずに立っている巨体の三騎士と、落矢の山をつくる小柄な騎士。そんな光景に対して観客席から、どうしたリーリエ国の、的《まと》は目の前だぞ、がんばれ見習い、と野次があがった。

　ますます焦るニナの視界の隅で、トフェルが相手騎士の命石を跳ね斬るのが見えた。いきおいのまま飛ばされたキントハイト国騎士団員は、大きな金属音を立てて競技板に叩きつけられる。板を伝わってきた振動で、ちょうど矢羽根を引き抜いたニナの足が、あっけなくさらわれた。

「きゃ！」

　体勢を崩し、後方にたたらを踏んだニナの長靴《ちょうか》が競技板の端を感じた。しまった、と思ったときには、競技板を踏みぬいていた。

　浮遊感に悲鳴をあげたニナだが――

「――え？」

　見ひらかれた青海《あおうみ》色の目と、ニナの首根っこを捕まえているナルダ国騎士団員の視線が合った。

　――なんで……相手騎士に助けられて……。

　観客席から笑い声が飛んだ。

　親善競技ということで、見世物《みせもの》としての段取りがあると思われたのかも知れない。いいぞナルダ国騎士団、さすがは海の男だ、船乗りの男気だ、との声が聞こえた。

　大男は無言でニナを見おろしている。

ニナは顔をゆがめた。情けない気持ちで、そっと告げていた。

「は、離してください……」

ナルダ国騎士団員は、うん、といった様子で片眉《かたまゆ》をあげる。やがてうなずくと、つかんでいたニナの首当てを離した。

「！」

支えを失った小さな身体《からだ》は海中へと落下する。

冷たい海にのみこまれる瞬間、海風がさらう花弁の向こうに、悠々《ゆうゆう》とはばたく海鳥が見えた――

◇◇◇

「これで大丈夫です。……あの、届けていただいて、ありがとうございました」

ニナが礼をのべると、客室付きの小姓は一礼する。

湿った衣類を抱えると、たしかにおあずかりしました、お部屋にお戻ししておきます、とその場を去った。

潮の匂《にお》いのする廊下《ろうか》からは冬の冷気が入りこむ。扉をしめたニナは羽織《はお》っている毛布をかきよせると、奥の暖炉《だんろ》の前に戻った。

濡れた髪はほとんど乾いたけれど、毛布の下は下着だ。女騎士ということで、甲冑《かっちゅう》を外したただけでお湯をかけられたのだが、厚手の冬用鎧下《よろいした》はすぐに水気が抜けない。軍衣《ぐんい》とともに部屋付きの小姓《こしょう》に新しいものを持ってきてもらい、代わりに濡れたものを渡した。

観覧台の下層階にあたる簡素な小部屋。

暖炉の周りには長靴や鎖帷子《くさりかたびら》が干されている。固く閉じられた窓からは、それでも観客の声援が聞こえる。

——海に落ちたニナは、すぐさま係の漁師に引きあげられた。

冷たさと息苦しさで、そのときの記憶は曖昧《あいまい》だ。覚えているのは海水の塩辛《しおから》さと目の痛み、海底のごつごつした岩の感触。水上競技場で騎士の落水は日常的なことらしい。先に落下したクロッツ国騎士団員らと同じく、洗浄や保温などの処置を受けた。

ニナが海を見たのはシレジア国で二度目だが、まえに訪れた南方地域でも泳いだ経験はない。救出されてしばらくは濡れ鼠《ねずみ》のように放心状態で、係のものが装備品を外すのに任せた。熱いハーブ茶を飲んで暖炉にあたり、身体が温まってくるにつれて現状を認識した。

己がやったことと、半裸で小部屋にいる理由を。

——おまえの弓はここじゃあ価値が半減だ。

渡された軍衣を胸に抱えて、ニナはトフェルの言葉を思いだす。

暖炉の炎を眺めた。生き物のように躍る火が、落下する直前に見た煌《きら》めく波間を思わせる。

「……半減ではなくて、ほとんどありませんでした……」

力ないつぶやきに薪《まき》が爆《は》ぜる音がかさなる。

親善競技でのニナは文字通りの、〈出来そこないの案山子《かかし》〉だった。軽量で脚力に欠ける身体は、騎士が躍動するたびに揺れる競技板に翻弄《ほんろう》された。矢尻がさだまらず、ただのいちどもまともに弓射できなかった。ナルダ国騎士団には相手にされなくて、観客には笑われた。

考えれば考えるほど、飲みこんだ海水のような苦い気持ちになる。水上競技場という特殊な環境への注意が足りなかった自分を思えば、なおさらだ。

雨天と晴天で土質が変わるマルモア国の競技場や、土煙の立ちやすいテララの丘の競技場など、地上でさえ競技場の性質はさまざまだ。代理競技の審判部役として、同じ経験がある侍従《じじゅう》から様子を聞くこともできたのに、考えが及ばなかった。知識があるから適切に動けたとはかぎらない。でも少なくとも、初めての環境に驚愕《きょうがく》して、対応するだけで手一杯にはならなかったかも知れない。

競技場の情報は、いつもは団長ゼンメルが教えてくれていたことだ。ぴたりと合う甲冑《かっちゅう》と同じように、請わずともお膳立《ぜんだ》てしてくれていた。

そんな年長者に導かれる日々が染みついているのか、細かい指示のなかった団長レオポルドの下知にも戸惑った。味方であるクロッツ国騎士団員の得手不得手《えてふえて》も、知らないままに終わった。八人制の戦闘競技会なのに、集団での競技ではなく、それぞれが一対一をしている感覚だった。

そして結局はこうして一人、暖炉の炎を眺めている。

——競技場ならばと……国境の森で失敗してしまったぶんを挽回《ばんかい》して、リーリエ国の随行団員《ずいこうだんいん》として少しでも貢献できると……そう、願っていたのですが……。

ニナは暖炉の前に座りこむと、甲冑の乾き具合をのろのろと確認する。

金属製の装備品にとって海水は大敵だ。塩が残っていると錆《さび》の原因となるので、裏打ちの厚布は張りなおした方がいいと、洗浄した際に言われている。短弓と矢筒は無事だったけれど、矢はほとんど海に落としてしまった。もう流されていると思うので、諦めるしかないだろう。

親善競技は最終的に、味方隊の総退場での敗北となった。

砂時計二反転時点でトフェルとロルフの二人が残され、相手隊は五名。制限時間まではと粘ったものの、水上戦闘に慣れた相手では堪えきれず破石されたと、世話をしてくれた侍従から教えられた。

リーリエ国の名誉という意味では、兄とトフェルの健闘は幸いだった。競技会の敗北が誰か一人の責任であるはずもない。それでもなにもできずに退場となったことは、ニナの気持ちを重くさせた。

心の奥底にひそむ劣等感が顔をのぞかせる。変われた部分があったとしても、ニナは十八歳という年齢のうち十七年を、〈出来そこないの案山子〉として否定されてきた。嘲笑や失敗は騎士としてのささやかな自信を、あっけなく揺らがせるときがある。

──強くなったニナに恥ずかしくないように、おれも強くならないとな、ってさ。

優しい目で告げてくれたリヒトの姿が、ぼんやりと思いだされた。

扉の向こうから足音がひびいてきた。

水場から移動してきた、落水した騎士と係の侍従たちだろう。ああ寒い、なんだってこんな冬に裸で、とぼやきながら、廊下をとおっていく声が聞こえる。

ニナは、いつのまにか潤んでいた目をぬぐった。

──落ちこんでいる場合じゃありません。先に落水したクロッツ国の方々は、先ほど隣の個室から出られました。わたしも早く着替えて、会場に行かないと。

前日祭は滞《とどこお》りなく進行し、現在は貴族所有の私設騎士団が模擬《もぎ》競技を披露している。トフェルや兄ロルフは、すでに明日のための配置確認をおこなっていると聞いた。遅れて迷惑をかけるわけには――これ以上の失敗は、さすがにできない。

ニナはまとっていた毛布を脱ぐと、新しい鎧下を急いで着る。軍衣を身につけて矢筒に短弓《たんきゅう》をひっかけると、廊下へと出た。

落水した騎士が使用する部屋は、通路や階段が入り組んだ場所にある。甲冑を外した水場から係のものに連れてこられたニナは、とっさに現在地がわからない。

競技場からは歓声が聞こえていて、観覧台への階段を木盆を抱えた侍従たちが行き来している。大皿に並べられるのはダイス型のパイや一口大のトルテ、棒状の揚《あ》げパンなど、食べやすく焼かれた菓子だ。そろそろ昼の鐘が鳴ろうかという頃合いだ。観覧台の特使や女宰相たちは、競技を観戦しながら軽食をとっているのだろうか。

そんなふうに思いながら観客席への連絡路を探していると、少し先の扉があいた。参加騎士用の控室から、シレジア国の軍衣を着た集団が出てくる。

戦闘競技会用装備に身をつつんだ軍衣の騎士たちは、一見して国家騎士団員のような風《ふう》体《てい》だが、剣帯《けんおび》にさげている武器は曲刀や片手剣などばらばらだ。

どことなく野卑《やひ》な雰囲気《ふんいき》と日焼けした肌に、南方地域で見た海賊《かいぞく》を思い浮かべたニナは、あ、と目を見はった。

――この騎士たちが代騎士団の。

階段ホールからは回廊《かいろう》をとおって、陣所付近まで出ることができる。そろそろ顔見せの模擬競技の時間かと思っていると、最後尾を歩く騎士が、けほ、と咳《せ》きこんだ。

新月に近い細身の曲刀をさげた、中背《ちゅうぜい》で痩《や》せた体格の騎士。兜《かぶと》で髪色と顔立ちはわからないが、胸を患《わずら》っているような咳の音は耳に残っている。

ニナの脳裏《のうり》に、昨日城下で会った青年騎士の姿がよぎった。

――もしかして……あのときの。

人さらいを退けたときの動きは、路地にすむ野良猫のように身軽だった。重厚さには欠けるものの、多くの騎士を知るニナの目から見ても、名門の騎士団員を名のられても不思議はないと。

あの、と呼びかけそうになったニナは、すんでのところで口をおさえた。

背格好はたしかに似ているけれど、大金を投じて騎士を集めた女宰相について、批判めいた態度だった。足元で困窮《こんきゅう》する民など目もくれず、貴人は自分たちの都合のための王冠の行方《ゆくえ》に夢中だと。そんな彼自身が、遺児側の代騎士団に加わるのは、冷静に考えたら辻褄《つじつま》が合わない。

迷っているうちに代騎士団の一行は回廊へと消えていった。そのまま立ちつくしていると、あら、そこにいるのは、と綺麗《きれい》に澄んだ声がする。ニナがふり向くと貴人風の女性が——マルモア国特使、ヴァーゼ侯爵家令嬢エリーゼ姫が、女官を連れて階段をおりてくるところだった。

ニナはあわてて背筋をのばす。これは、ど、どうも、と、ぎごちない立礼《りつれい》をささげた。

エリーゼはニナの周囲を見まわすと、唐突《とうとつ》にたずねた。

「ラントフリート王子を知りませんか?」

「え?」

「今日もご体調がお悪いようでしたので、女官に薬湯を用意させました。王子殿下は王都についてから、あまりお食事がすすまないご様子なのです。王子ご自身は気をつかわれて、大丈夫だと仰《おつしや》っていたのですが」

「食事がすすまない……あの、リ……王子殿下が、ですか」

「ええ。観覧台でもお好きな焼き菓子を、形ばかり口にされる程度でした。ですので薬湯をと思ったのですが、宰相閣下に交易品の手配を依頼しているあいだに、席を立たれていて……ああ、婦人用の扁桃油《へんとうゆ》ですわ。城下に侍従をやったのですが、大口の買いつけ人がいたそうで、予定の数をそろえられなかったのです」

用をなさない侍従ですわ、王太子妃殿下とのお約束ですのにと、エリーゼは柳眉《りゅうび》をよせる。

ニナは不思議に思った。自分の客室を訪れたリヒトが、三十個ほどのクレプフェンを平らげたのは昨夜のことだ。公務が多忙なせいか転《うた》た寝をするほど疲れていたけれど、体調が悪いようには見えなかった。

そもそもリヒトは典雅《てんが》な外見のわりに身体《からだ》が丈夫で、風邪《かぜ》をひいたところを見たことがない。砂時計三反転を余裕で走りぬける持久力は、リーリエ国騎士団でも突出している。

エリーゼは胸に手をやって考えこむニナを見おろした。

いまだ半乾きのニナの黒髪からは、海水の匂《にお》いがただよっている。きつい潮の香りに、エリーゼは爪紅《つめべに》が艶《つや》めく手で鼻先をおおった。

「王子殿下のご不調は、随行団員の不手際《ふてぎわ》が原因でしょうか？」

ニナは軽く息をのむ。不手際、と呆然《ぼうぜん》とつぶやくと、エリーゼは目を細めて言った。

「国境での誤射につづき先ほどの無様な競技。あれはなんですの？　わたくし、ラントフリート王子が国家騎士団員だと聞いて、戦闘競技会について勉強しましたの。人数は十五名対十五名で、兜の命石《めいせき》をより多く奪った方の勝ち。単純な規則ではありませんか。なぜあなたは、それができなかったのです？」

あの、えと、と、ニナは口ごもる。

「す、すみません。初めての水上競技場で、お恥ずかしながら不安定な足場に矢尻が……」

「リーリエ国騎士団は、火の島杯で上位四カ国に入った強豪だと聞きました。粗雑な女騎士ばかりのマルモア国騎士団とはおおちがいだと、王太子殿下も羨《うらや》んでおりました。ですが王子殿下がいないとて、制限時間まで保たずに敗北するとは。一破石もできなかった〈隻眼の狼《アイン・ヴォルフ》〉にも、失望しました」

「王子殿下のご不在が影響したのは、もちろんです。でも兄さ……いえ、わたし以外の二人の騎士は、あの状況でも最善を……」

「わたくし、もしマルモア国騎士団が同じことをしたら、国王陛下に退団処分を進言いたしますわ。王族に恥をかかせ、国の威信に傷をつける騎士はいらない。そうではありませんこと？」

たたみかけるように告げられて、ニナは首をすくめた。

女騎士の多いマルモア国は体格のいい女性が珍しくないのか、エリーゼ姫も長身の部類に入る。冬の海辺での競技観戦にそなえてだろう。円筒形の帽子や首巻き、靴先《くつさき》までおおう上着も毛皮製で、たっぷりした質感は身体そのものを大きく見せる。銀糸の髪も白粉《おしろい》で輝く高貴な顔立ちも、それ自体が宝石のように美しく、堂々たる振る舞いをいっそう引き立てた。

村娘仲間に対して萎縮《いしゅく》してしまっていたように、大きくて言葉がはっきりしている相手には苦手意識がいまだに強い。気圧《けお》されたニナがうつむくと、エリーゼは考えるそぶりをする。いい機会ですわね、とひとりごちて、水上競技場が見渡せる窓辺へと歩きだした。

意図が読めないニナを、こちらへ、と女官たちが誘った。ニナは会場から聞こえてくる角笛の音を気にしながらも、おずおずとエリーゼに歩みよる。

女官たちは人目をさえぎる位置で立った。エリーゼは、あなたに質問があります、と切りだした。

「ラントフリート王子の母君は病気がちな御方で、故王妃殿下のお慈悲《じひ》により、ご静養のためにシレジア国へ来られたと聞きました。故王妃殿下の遠縁にあたる貴族の別邸で、王子殿下はそこでお生まれになったとか。どこの街なのか、あなたはご存じですか？」

「静養のために……貴族の、別邸……」

「王子殿下にたずねましたが、姫がお心にとめられるような街ではありません、と謙遜《けんそん》されてしまわれて。あれほど典雅な所作《しょさ》を身につけられたのならば、風光明媚《ふうこうめいび》な美しい街なのでしょう。帰国の際に立ちよりたいと考えました。おそらくは、北シレジアだと思うのですが」

風光明媚な街と、ニナは困惑してくり返す。

女官だったリヒトの母は故王妃の嫉視《しっし》を受けて、国を出ることになったと聞いている。育ったのも貴族の別邸ではなく、孤児を労働力として扱っていたような酒場だと。

なにかのかんちがいかと思い、けれど否定の言葉を出すまえにのみこんだ。代官の傷害事件をふくめて、リヒトとシレジア国の関係は、対外的にはリーリエ国王家に支障がない形にされているのかも知れない。

ニナは言葉を選びつつ、国家騎士団員は守秘義務の観点から、団員同士でも個人情報をあかさず、リヒトの出生地もシレジア国ということ以外はわからないと答えた。事実、街の場所はニナ自身も知らないので、答えようがない。

申しわけありません、と頭をさげたニナは、ふと気がついてたずねる。

「……あの、エリーゼ姫はどうして、北シレジアだと思われたのですか？」

「あなたが射ぬいたクイッテンです。南の沿岸部にいくほど変わると仰っていたでしょう？　王子殿下は果実の甘さや柔らかさに意外そうな顔をされていました。ですので北にある内陸の街では、と考えました」

よどみなく答えたエリーゼは、当てが外れた表情をする。それにしても面倒な規則ですわね、まあいいですわと、つんとした鼻で息を吐いた。

「聞きたいことはもう一つあります」

「あ、は、はい」

「ラントフリート王子の恋人は、どのような方ですか？」

ニナは青海色《あおうみ》の目を見はった。

緩《ゆる》く腕を組んだエリーゼは、己の顎《あご》よりも低い位置にあるニナの顔をじっと見おろしてつづける。

「懇意《こんい》にしているリーリエ国の貴族から、噂《うわさ》として耳にしました。マルモア国騎士団員に確認しましたが、挨拶《あいさつ》をする程度の関係なので知らないと。どの女騎士も明後日《あさって》の方向を向くか頭をかくだけで、本当に気がまわらないですわ。そう思いませんこと？」

「あの、え、えと」

「ああ、誤解なさらないでくださいさい。一国の王子であり、ましてあれほど美麗《びれい》な御方です。昨日の夜会でも、シレジア国の令嬢たちの視線を集めておいででした。浮き名を流されていても不思議はないと、思っております」

エリーゼは鷹揚《おうよう》にうなずく。

「ただいらっしゃるのなら、どのようなお家柄の方かを確認しておきたいのです。わたくしはマルモア国の貴族として、国と国の友好関係を重んじております。お相手の家格によっては王太子殿下にご相談し、穏便にことを収めるよう、お力を借りる必要も出てまいりますので」

今回の外交特使のお役目も、王太子殿下のご協力をいただきましたの、とエリーゼは微笑《ほほえ》む。

ニナの喉《のど》が小さく鳴った。国境の森で耳にしたマルモア国兵の言葉が頭をよぎる。年明けの縁談話はリーリエ国が辞退して、だけどリヒトの立場が変わったことで、今回の外交使節は縁談の仕切りなおしではないかと——

——あれはやっぱり、噂ではなくて。

言葉を失っているニナの姿に、なにか知っていると悟ったのだろう。エリーゼは、安心なさって、あなたが話したなど殿下には伝えませんわ、と水を向ける。それでも答えないニナに対して、お礼はもちろんします、どれほど希少な生地のドレスでも、父侯爵はマルモアの縫製《ほうせい》業を束ねてますのよ、と言いそえる。

なおも反応のないニナに、エリーゼは焦れたように声を尖らせた。

「まさかとは思いますが、あなたご自分が、王子殿下の恋人だとでも仰るつもりですか?」

「い、いえ、ではなく、あの」

口ごもるニナを頭の先から靴先《くつさき》まで見おろして、エリーゼはあっさりと首を横にふった。

「……ありえませんわね。いくらなんでもあなたは……ねえ。それにわたくし、貴族の名前と顔を覚えるのは得意ですの。〈銀花の城《ラルジャン・フルル》〉の夜会で、あなたを見たことがありませんもの。なにより生まれは手にあらわれます。……純絹《じゅんけん》が破れそうに荒れた指先ですわね。そうですわ扁桃油《へんとうゆ》をお譲《ゆず》りしても──まあ、王子殿下！」

嬉しげに舞った銀糸の髪が、ニナの鼻先をかすめた。

ニナが視線をやると、着替えをした部屋がある通路から、リヒトが出てきたところだった。十数本の矢を抱えているリヒトは、呼びかけに気づいて窓辺を向くと、新緑色の目を見ひらいて足を止める。

女官たちが場所をあけて頭をさげた。エリーゼは頬《ほお》を紅潮させると、お探ししましたわ、いったいどちらへ、と靴音を弾ませてリヒトに駆けよった。

身をすくませているニナを眺めたリヒトは、ゆっくりとエリーゼに向きなおる。

長身にまとったケープ付きの外套《がいとう》が、静かな衣擦《きぬず》れの音をたてて流れた。王子殿下、その矢はなんですの、と首をかしげたエリーゼをしばらく見おろし──リヒトは、にっこりと綺麗《きれい》な笑顔を浮かべた。

「……ご足労《そくろう》をおかけしたようで申しわけありません。これはナルダ国の特使から届けられたものです。どうやら落水の際にうちの団員が落とした矢を、ナルダ国騎士団員が拾いあげてくれていたそうで」

ていねいに説明して、手にしていた矢を示してみせる。真水で洗浄して、矢羽根も乾かしてくれていました、とつけくわえる。

「武器は騎士にとって大切なものです。心許《こころもと》ないだろうと着替えの場まで届けにいったのですが、生憎《あいにく》と部屋を出たあとでした。もう競技場に移動してしまったかと思いましたが、ここで姫といっしょだとは」

その言葉に、ニナは、はっとして出窓を向いた。競技場を見渡せる窓からは、競技板で剣を振るうシレジア国軍衣《ぐんい》の騎士が——審判部役の確認をおこなう模擬《もぎ》競技は、すでにはじまってしまっている。

「すみません、し、失礼します……！」

ニナはいきおいよく頭をさげた。

回廊《かいろう》を目指して走りだしたところで、ああ待って、連絡路はそっちじゃなくて下の階、それに矢を忘れてる、とリヒトに呼び止められる。ニナはまろぶように引きかえすと、すみません、と矢を受けとり、もういちど深く腰を折った。

動揺もあらわな狼狽《ろうばい》ぶりに、エリーゼは眉《まゆ》をひそめる。

「……これでは王子殿下のお食事がすすまなくても無理はありませんわね。親善競技でもキントハイト国の特使代表に、いい余興《よきょう》を感謝する、おかげで獅子紋章の価値があがった、とまで笑われてしまいましたし。事実だとしても不手際《ふてぎわ》を犯したのは騎士団員ですのに、本当に非礼なお振る舞いですわ。そうお思いになりません？」

「ええ。……わたしもまったく非礼だと思います」

「ですわよね？　とにかく横柄で、嫌な物言いをなさる御方です。キントハイト国では海上警備をお役目とされているそうですが、パウラ宰相閣下に哨戒《しょうかい》航路について、居丈高《いたけだか》に改善を要求されていました。つい最近もキントハイト国の商船が海賊《かいぞく》被害にあったとかで、シレジア国警兵の御用船は遊覧航海でもして……」

「……姫、込みいった話はここでは。それに薬湯が冷めてしまっては、せっかくのお気づかいが無駄になってしまいます。我々は観覧台に戻りましょう」

頭をさげているニナの視界の隅で、厚手の外套と毛皮の上着の裾《すそ》が、軽やかにひるがえった。上機嫌なエリーゼの笑い声が階段ホールにひびき、やがて遠ざかっていった。

残されたニナは下を向いたまま動かない。

不手際、国の威信、恋人、いい余興——先ほど落水したときのように、華やかな海にのみこまれた感覚だった。矢束を抱える腕に知らず力が入る。軽食の木盆を持った侍従《じじゅう》たちが、怪訝《けげん》な視線を投げて通りすぎていく。

ほどなくして角笛の音が遠く放たれた。騎士の破石《はせき》を告げる合図と歓声が聞こえる。青海色の目が首からさげられている遠望鏡《えんぼうきょう》に、ぼんやりと向けられたとき——

「⁉」

背後から唐突《とうとつ》に衝撃を受けた。

つんのめったニナの手から、十数本の矢が落ちる。

矢尻が階段を跳ねる音が飛んだ。ニナの脇をすり抜けた小さな影は、散らばった矢に足をとられ、階段の下方へと転げ落ちていった。

「だ、だいじょうぶですか！」

とっさにつかんでいた手すりを離して、ニナは階段を駆けおりる。

うずくまっているのは少年だ。小綺麗なお仕着せの小姓《こしょう》や防寒着をまとった貴族子弟とちがい、古びた外套を着ている。前日祭の観客席は一般に開放されている。観戦にきた街の子供が迷いこんできたのかと思ったニナは、その脇に屈みこんだ。

背中に手をかけると——浮きでた背骨の感触が返った。

既視感《きしかん》に少年の顔をのぞきこんだニナは、鼻のまわりに散ったそばかすに、あ、と声をあげていた。城下でニナの書筒《しょづつ》を引ったくった少年だ。そして周囲に散らばる矢のなかには、獅子紋章を描いた金貨袋がまぎれている。

――これって、キントハイト国の……？

戸惑うニナの耳に上階から騒然とした声が聞こえてくる。会場の副警兵長に連絡を、下の街の子供が観覧台に、金貨袋が盗まれて――

「！」

少年が跳びおきた。金貨袋を拾いあげるなり走りだす。

呆気《あっけ》にとられたニナは反応が遅れた。待ってください、と制止したときにはもう、少年の姿は観客席への連絡路へと消えている。

「――……っ！」

散乱する矢を一本つかんで、ニナは少年のあとを追った。倉庫街でまかれたように少年はかなりの俊足だ。半地下の回廊にニナが足を踏みいれたとき、小さな影はすでに通路のなかほどにいる。

ニナは低い姿勢で矢をかまえた。

上部に見える明かり取りの窓からは、陽光が薄く射しこんでいる。視界はよくない。傷つけないように慎重に、ひるがえる外套が円柱のそばをとおった瞬間、ニナは矢羽根を離した。

「！」

少年の身体《からだ》が大きく跳ねる。円柱に縫《ぬ》いとどめられた外套の裾が破れて、その反動で転倒した。ニナは倒れた少年に駆けよると、膝をつき、荒い息を吐いて口を開いた。

「ら、乱暴なことをしてごめんなさい。あなたは昨日の、倉庫街で会った子……ですよね。それであの……さっきの金貨袋、キントハイト国の国章が描かれて、いて」

たどたどしく告げて少年の身体を見やる。裂けてしまった少年の外套は近くで観察すると、いくつもつぎはぎがある。

言葉に迷うように視線をさまよわせて、ニナは言った。

「なんというか……い、いまならまだ、間にあいます。警兵に見つかるまえに、こっそり戻してきましょう。じゃなかったら、えと、落とし物として、わたしが届けて……」

「届けるってなにをだよ」

「え？」

「おれはなにも盗んでない。返してもらっただけだ。先に盗《と》ったのはあいつらだろ。マーテルの恵みをぜんぶ奪って、馬鹿みたいに着飾って競技を見てる奴らじゃん」

少年を助け起こそうとしていたニナの手が止まった。

細窓から射しこむ光が、濃紺《のうこん》に団章を戴《いただ》いた軍衣や白百合《しらゆり》紋章の指輪を照らした。国の公務に従事するニナの装《よそお》いを、少年はきつい視線で睨《にら》みつける。

「あの人さらいもあんたらも同じだよ。いいや、盗んだもののうえで笑ってるあんたらの方がたちが悪い。くだらねえ祭りのせいでなんもかんも高くなって、薪《まき》も食い物も買えねえ。上の街しか知らねえくせに、えらそうなこと言うな」

息をのんだニナから顔をそむけ、少年は身を起こした。打った肩を痛そうにおさえたとき、金属音が回廊にひびいた。

少年がはっとふり向くと、通路の先にシレジア国の軍衣を着た男たちがいた。つばを折り返した制帽が特徴的なシレジア国の警兵。先頭を歩く副警兵長はニナと少年を認めると、怪訝そうに眉をよせた。ほかの随行団員《ずいこうだんいん》はこの時間、会場で審判役の配置確認をおこなっている。それでもニナに立礼をほどこすと、副警兵長は表情を強《こわ》ばらせている少年を見た。

「観覧台の警兵長から、金貨袋が盗難にあったと連絡がありました。薄汚い街民の子供が観覧台に入りこんでいたとの情報もよせられています。……探す手間がはぶけました」

ニナはあとずさる少年と、長靴《ちょうか》を鳴らして近づいてくる副警兵長を交互に見やった。唇を結んだものの、やがて立ちあがる。己の背丈よりわずかに低い少年を隠すような形で、副警兵長に向きなおった。

「まずはその、は、話を聞いていただけませんか？　治安を守る警兵のお役目が大切なのは、承知しております。ですがこの子はその……このところ城下では薪や麦の値段があがっていて、なかなか買えず困っている人もいて……」

「お離れください」

「え？」

「他国の国家騎士団員の方が関わられることではありません。金貨袋の盗難にあったのは、キントハイト国の特使代表です。平和のために参列してくださった要人に対しての無礼は、許されることではない。早急に犯人を捕らえて街役人に引きわたせと、宰相閣下のご命令です」

副警兵長は淡々と告げた。口調は丁寧《ていねい》でいて、ニナを見る目は冷ややかだ。

ニナの肌が嫌な感覚に粟立《あわだ》った。国境の森で気がついたら、木の上から見おろしていたときの姿が頭をよぎる。もらされた舌打ちや、首筋に当てられた剣先を思いだして息をのむと、背後の少年が不意に身をひるがえした。

「！」

警兵たちは即座に走りだすと、ニナの脇をすり抜ける。

逃げた少年に向かう彼らを、あの、待ってくださいと、ニナはあわてて追った。

半地下の回廊に無数の長靴の音がこだまする。警兵につづいて端の階段を駆けあがり、最上段に足をかけると陽光が煌《きら》めいた。眩《まぶ》しさにつかのま視界を奪われたニナを、歓声が包む。

「――……」

出てきたのは、階段状の観客席の凹《くぼ》みになっている場所だった。

海面に浮かぶ競技板では、水色の軍衣《ぐんい》の代騎士団が剣戟《けんげき》を交わしている。対岸となる観客席の最上段では、配置確認をしているトフェルや兄の姿が遠く見える。

周囲に視線をやれば、人々のあいだを移動する警兵の制帽が見てとれた。飛び魚のように躍動する騎士たちの姿につられて、観客の身体は波のように上下している。観戦に夢中の彼らが警兵に注意を向ける様子はない。また密集した人の海にはところどころに街民らしい子供もいて、捜索の足を止めさせる。

ニナは少年に路地で振りきられたことを思いだした。あのときも似たような風体《ふうてい》の子供が、ニナの目を惑わせた。観客そのものを盾にした少年は、ならばいま――出入り口付近に向けられたニナの目が、あ、と見ひらかれた。

港湾地区への連絡路には副警兵長の姿があり、その直前で少年が身をひるがえしたのが見えた。

少年は最下段の通路を観覧台方向へと走っていく。待ち伏せにするつもりなのか、副警兵長が片手をあげると観覧台脇の階段から、警兵たちがおりてきた。

――このままだと、あの子は。

胸元を拳でおさえたニナの顔に、潮風になぶられた黒髪が張りついた。

警兵に捕まって金貨袋が見つけられたら、言いわけができない。刑罰は権限をもっている領主や、罪を犯したものの身分に左右されると聞いた。要人が相手ならば軽犯罪でも、あの子には焼印などの厳罰が科されるかも知れない。

人さらいに襲われた弟をおぶって、路地に消えた少年の後ろ姿が脳裏《のうり》をよぎった。窃盗《せっとう》が罪だとはわかっている。他国の国家騎士団が関わることではないとの、副警兵長の言葉はもっともだ――もっともだけれど。

「――……っ」

ニナは通路を駆けだしている。大きくひるがえった濃紺の軍衣を、近くの観客が、なんだ、どうした、という視線で追った。

落水で溜まった水たまりを長靴ではねあげ、息を切らせて走るニナだが、もとより足は速くない。通路を半分もいかないうちに、警兵に前後を挟まれた少年が前方に見えた。これでは間にあわない、とニナが眉《まゆ》をよせたとき、重い打撃音が放たれた。

「！」

中空を横切って飛んでいくのは代騎士団の騎士。

観客席から悲鳴があがり、少年を取りかこんでいた警兵がなにごとかと身がまえた。

競技板の端では中背《ちゅうぜい》の騎士が、低い姿勢で曲刀を振りぬいている。どうやら競技板から落水させるつもりが、いきおいあまって、相手騎士を通路まで打ち飛ばしてしまったらしい。

騒然とした観客たちに、警兵が事態を説明している。ニナはいまのうちにと、少年のもとへと駆けよった。金貨袋をどこかへ移せないかと少年の外套《がいとう》に触れたとき、ぱんぱん、と手をたたく音がした。

観覧台の女宰相パウラが侍従《じじゅう》たちに指示を出す。審判部役が銅鑼《どら》を鳴らして、模擬《もぎ》競技の休憩が告げられた。頬髭《ほおひげ》の警兵長らをしたがえると、パウラは脇の階段をおりてくる。孔雀《くじゃく》羽根に彩られた防寒着が潮風に揺れた。優しげな面差《おもざ》しを白粉《おしろい》に輝かせて、パウラは恭《うやうや》しく長身を折った。

「捕縛《ほばく》へのご協力を感謝いたします、ニナさま。前日祭に水をささぬようにとの迅速《じんそく》なご対応、さすがは誠心《せいしん》を尊《とうと》ぶ、国を守りし国家騎士団員でいらっしゃいますね」

あとは我らが、とうなずくと、警兵長が前に出た。

ニナは思わず少年の外套をにぎっている。

近くの観客が訝《いぶか》しげな視線を投げかけ、観覧台の貴人が何事かと見おろしてきた。無数の衆目《しゅうもく》にさらされ、ニナは身をすくめる。それでも少年のそばから離れず、えと、あの、と言葉を探していると、宰相パウラはわずかに目を細めた。

片眼鏡《かためがね》からさがる飾り石が、どこか冷たく輝いて見えた。けれどパウラは微笑《ほほえ》むと、落ちついた声で告げる。

「……ニナさまは愛らしい外見どおり、お心もお優しい方なのですね。ですがその少年は、お慈悲《じひ》をかけるような相手ではありません。泡沫《ほうまつ》の一つにさえならぬ名もなき子供。代理競技を民と分かちあう寛大さが、路地にひそむ薄汚い鼠《ねずみ》を招きよせるとは皮肉なことです。お召し物が汚れます。さ、どうぞこちらへ――」

「宰相閣下、少しお待ちいただけますか」

騒然としたざわめきに朗《ほが》らかな制止がひびいた。

顔をゆがめていたニナが視線をやると、リヒトが観覧台からおりてきている。

リヒトはニナと身をよせあう少年に近づいた。なにをするつもりかと困惑するニナのまえで腰を屈めると、ひょい、と少年を抱きあげる。なにすんだ、離せ、と暴れる少年をしばらく観察すると、リヒトは首をかしげた。

「……顔立ちを確認しましたが、どうもわかりません」

「わからない、と仰《おつしや》いますと？」

「騒ぎのあったころ、わたしはエリーゼ姫と観覧台の階段をあがっていました。小さな影とすれちがった気もしますが、果たしてこの少年だったかと。なにしろ姫との会話が興味深く、夢中で聞き入っていましたので」

リヒトは観覧台のエリーゼ姫を見あげた。

新年祭用のドレスのお話でしたね、縫製業《ほうせい》に顔のきく父侯爵さまが、ナルダ国産の花染毛織物に真珠《しんじゅ》を縫いこんだドレスを仕立てさせたのだと、と問いかける。

手すりから身をのりだし、ええ、ええそうでしたわ、と嬉しそうに答えたエリーゼに笑いかけて、リヒトは宰相パウラに向きなおった。ニナを一瞥《いちべつ》すると、他国の内政に口を挟むのも僭越《せんえつ》ですが、と断ってからつづけた。

「うちの団員も、おそらくは同じ憂慮《ゆうりよ》を抱いたのでしょう。警兵の手腕を疑うわけではありませんが、万が一にも無関係の子供を捕縛することになれば、寿《ことほ》ぐべき前日祭に傷をつけてしまいます。また犯人がほかにいるのなら、会場の皆さまがさらなる被害を受ける可能性もあります。この少年が金貨袋を持っているかどうか、この場で調べた方がよいのでは、と」

控え目に提案しながら、リヒトは抱えていた少年をおろす。

宰相パウラは顎先《あごさき》に手をやった。慎重さを考慮したというよりは、友好国の特使の意見を無視できないと判断したのだろう。王子殿下の仰るとおりに、というように警兵長にうなずいた。

警兵長の指示で、数名の警兵が少年を取りかこむ。静かにしろ、おいそっちをおさえろ、との声に、がさごそと身体《からだ》を調べる音がかさなった。

リヒトは静かにそれを見守っている。少年が金貨袋を持ち去ったのを知っているニナは、身を固くしてうつむいた。決定的な瞬間を見るにいたたまれず目を閉じたが、発見の報せはいつまでたっても聞こえない。

少年は——なにも持っていなかった。

——結局その少年は、観客席で迷子になった下の街の子供として解放された。

逃走するなど不審点はあったが、物証である金貨袋を所持していなければ捕まえようがない。警兵らが釈然としない様子で少年から離れたところで、リヒトが、少年に詫《わ》びを与えてはと宰相パウラに提案した。不幸な行きちがいとして、穏便に収めてはどうか、と。

気まずい空気や非難めいた観客の目もあり、少年はいくばくかの金貨を渡されて街へと帰っていった。会場を出るまえに物言いたげな顔で振りかえった少年を、狐につままれた表情のニナが見送った。

再開された模擬競技は代騎士団の妙技をじゅうぶんに披露する形で終了した。

顔見せを終えた代騎士団は、競技場に係留された宿舎の帆船《はんせん》に戻る。彼らは遺児マルセルの意を託される代理である。明日の早朝に遺児マルセルから直接、信託の証《あかし》であるサッシュを授けられて、競技に挑むことになっている。

こほ、と咳《せき》をもらして目の前をとおる中背《ちゅうぜい》の騎士を、通路に立つニナはじっと見つめた。

昨日の夕方、倉庫街で人さらいから助けてくれた青年を思わせる騎士。胸を患《わずら》っているような咳音も体格も似ているけれど、戦闘競技会用の兜《かぶと》で隠された顔立ちは、やはりほとんどわからない。

「……あの騎士には感謝だね。偶然だと思うけど、ちょうどいい機会で相手騎士を通路まで飛ばして、警兵を足止めしてくれたから」

いつのまにか隣にいたリヒトが、そっと告げる。

ニナは、え、と眉をあげてリヒトを見やると、遠ざかる中背の騎士にふたたび視線を向けた。

――相手騎士を通路に飛ばしてって……あの少年が追いつめられたときの、ですよね。そういえば対峙《たいじ》していたのは、この中背の騎士でした。たしかにあれで警兵が足を止めて、わたしも追いつくことができて。

そこまで考えたニナは、ようやく気づいた顔をする。

もしかして、と弾かれたように見やれば、リヒトはゆったりと膨《ふく》らんだ外套の袖《そで》を触ってみせた。

ちゃり、と金貨の鳴る音がする。広がった袖口からは、獅子紋章の金貨袋がちらりと見える。

口元をおさえたニナに、リヒトは悪戯《いたずら》っぽく片目をつぶった。

「さて。あとはこの金貨袋を、どこかにこっそり〈落として〉おかないと?」

観客たちの拍手はつづいている。

街民も観覧台に集《つど》う貴人も、前評判どおりだった代騎士団の強さを目《ま》のあたりにし、興奮の面持《おもも》ちで言葉を交わしている。本番である明日をまえにして、早くも遺児マルセルの即位式を話題にする貴族や、代騎士団を護衛として雇いたいという商人もいる。

そんななか、沖合からやってきた海鳥の影が競技板をはしった。

上空を悠々《ゆうゆう》と旋回した数十羽の海鳥は、率《ひき》いる一羽にしたがって下降する。

ざん、と海面に浮かぶ花弁を突っ切ってもぐると、小魚を咥《くわ》えて飛翔した。海鳥の群れは騎士団のように隊列を組み、白波の立つ海の彼方《かなた》へと消えていった。

◇◇◇

――しゅるりとおりてきた紐は、海風に揺れている。

ニナがあらためて観察すれば、それは紐ではなく、カーテンを裂いてつくった簡易のものだった。リヒトは本当に、王城しか知らない王子さまに見えるわりに生活力がある。

前日祭が終了して、夜の鐘はとうに鳴った。

夕刻ごろから広がった雲が、ささやかな冬の月光をさえぎる暗い夜。

落ちれば海まで真っ逆さまの崖上《がけうえ》の城で、上階から紐づたいにおりてきたリヒトは、窓辺で手提灯《てさげとう》を掲《かか》げていたニナの姿におどろいたらしい。

目を丸くすると、次に破顔《はがん》した。

あけられた窓から客室に入ると、リヒトは前夜と同じように飛びついてくる。

すごい、恋人の以心伝心《いしんでんしん》だ、と喜んで、ニナの髪や額にキスを降らせる。やはり夜会が終わってすぐに来たのか、銀の白百合《しらゆり》が刺繡《ししゅう》された上着は、鼻になじまない料理と酒精《しゅせい》の匂《にお》いがした。それでも普段と変わらぬ明朗《めいろう》さに、事態がうまく運んだらしいことを察したニナは、まずは安堵《あんど》する。

以心伝心かはわからないけれど、リヒトが来るような気がしていた。だからニナは夕食後、明日の支度《したく》を早めにすませた。式典用ケープや遠望鏡《えんぼうきょう》を用意して、寝巻きに着替えて上着をはおった。出窓のそばで手提灯を手に、そわそわと待っていたのだが——

上機嫌な唇を目元に受けながら、ニナは、あの、どうなりましたか、とたずねる。リヒトは、ああごめん、つい夢中で、と苦笑いした。

背の高いリヒトと小柄なニナだと、触れあうときに工夫《くふう》がいる。リヒトは軽く屈めていた腰を戻すと、持ちあげるようにニナを抱きすくめる腕を緩《ゆる》めて、おまけのキスを黒髪に落とした。

「〈補給〉のまえに報告しなきゃだね。金貨袋は落とし物として、ちゃんと持ち主の元に返ったよ。紐が切れて落ちたように細工しといたから、変に疑われることもないと思う。祝賀発見場所……っていうか隠した場所は、観覧台の椅子《いす》の下にたまってた花弁のなか。祝賀の花雨にけちつけるのも無粋《ぶすい》だし、これなら〈落とした侍従《じじゅう》〉があんまり怒られないかなーって？」

その言葉に、ニナはほっと息を吐いた。

リヒトとニナは水上競技場で別れたきり別行動だった。観客が去ったのち、金貨袋の捜索をかねた会場点検がおこなわれたと聞いたが、ニナが夕食の時点で発見の報はなかった。

よかったです、ありがとうございました、と礼をのべてから、ニナは、あれ、という顔でたずねる。

「あの、〈落とした侍従〉って……金貨袋を盗まれたのは、キントハイト国の特使代表では？」

「ああ、おえらいさんのお金の管理は、お付きがするのが常識らしいからさ。金貨袋くらい自分で持ちなよね、本当になにからなにまで他人まかせで腕が退化するよ蛸《たこ》になっちゃうよ……ていうのはおいといて。特使代表は尊大さを絵に描いたような大貴族で、〈落とした侍従〉を叱《しか》り飛ばしててさ。罪悪感だったけど、おれの浅知恵だとこれで限界」

リヒトは情けない顔で眉尻《まゆじり》をさげる。

ニナは、そんな、浅知恵なんて、と首を横にふった。平民の自分では知らなかった慣習に困惑し、そしていまさらながら気づいた。ニナはあの少年と話した時点で、階段ホールあたりに置いておこうかと考えていた。仮に実行していたのなら、侍従の責任問題として、ひどい迷惑をかけていたかも知れない。

あらためて安堵したニナは、お腹を拳でおさえてうつむいた。

無事に収束したと耳にして、張っていた気が緩んだせいだろうか。あまりにいろいろなことがあった日が、自然と思いだされる。

どしたの、寒い、あったためようか、と覗《のぞ》きこんできたリヒトに、ニナは下を向いたまま口を開いた。

「……あの、今日は本当に……その、すみませんでした」

きつく眉をよせて、ニナは謝罪の言葉を告げた。謝ることが多すぎて、どこから話していいのかわからない。それでも一つ一つ、順を追って謝った。親善競技で役に立てなかったこと、配置確認に遅れたこと、金貨袋の件で巻きこんでしまったこと。

とくに少年の一件は、あとになって事の重大さに気づかされた。現場では夢中だったけれど、リヒトが機転を利《き》かせなければ、あの場で少年は捕縛《ほばく》されていた。警兵の追跡を妨げたことで、ニナ自身が責められた可能性もあった。

「わたしは、なにも考えずに行動してしまいました。リヒトさんがいなかったら、あの少年やわたしだけじゃなくて、リーリエ国にも迷惑をかけたかも知れません。それにリヒトさんは〈お詫び〉という形で、金貨袋を盗むほど困窮《こんきゅう》している少年の生活まで、配慮《はいりょ》してあげることができて……」

「ん——……ニナに褒《ほ》められるのは嬉しいけど、助けられたのはおれ自身が知ってたからだし。素直に感心されると、ちょっとばつが悪いかも？」

リヒトは天井の方を向く。

あの、知ってたって、とニナがたずねると、リヒトは小さく苦笑した。

「だから知ってるの。子供が盗んだ品物を身体《からだ》のどこに隠すか知ってるから、こっそり抜きとることもできる。でもあの子はまだ甘いね。おれだったら一気に出口には走らない。仲間を待機させてて品物を渡して、自分が囮《おとり》になって追手を引きつける。仲間が逃げる時間を稼《かせ》いだら、おれ自身がわざと捕まって、持ってませーん、でもいいね」

「おれだったら……？」

怪訝《けげん》そうにくり返したニナを、リヒトはじっと見おろした。

黒髪が流れる頰《ほお》をゆっくりとなでる。

やがて思いきったように、ん、ちょうどいいかな、とうなずいた。壁に飾られているシレジア国近海の航海図を確認してから、闇に沈む窓の外を見やる。

困惑するニナを寝台に近い窓辺へと誘った。天井付近までつづく窓には、家々の灯りがまたたく城下と深淵のような海が、大きな一枚絵を描いている。

リヒトはニナと並んで立つと、あっちだね、と左斜め先を指差した。

「王都からだと南西になるのかな。船だと……たぶん二日くらいのとこに、おれの育った港街がある。火の島の最西端になる灯台岬《とうだいみさき》の近くで、主要街道からは遠い、船の寄港地として細々とやってる港街。だから嵐とか時化《しけ》とか、海の状態にすごく左右されてた」

「えと、やってくる船が減ってしまうから、でしょうか?」

ニナが問いかけると、そうそう、と同意が返る。

「おれが住んでた酒場は、海が荒れるとお客さんの船乗りがこない。酒場の亭主は嫌な親《おや》父《じ》で、働かない労働力に餌《えさ》はやらないって、ただでさえ少ない食事が減らされる。……そんなときは街に出て仕事を探した。どうしても稼げなかったら、昼間の子供と同じようなこともした。自分と仲間が食べるためにね」

「昼間の子供と……同じようなこと……」

「うん。……うんって言っちゃ、ほんとは駄目なんだけど、事実だから。それだけじゃなくてもっと……ニナが聞いたら呆《あき》れたり、軽蔑《けいべつ》するようなこともさ。助けられなかった命とか、取り返せない失敗もあって。だから兄王子が〈黄色い鼠《ゲルプ・ラッテ》〉って笑ったの、そんなにまちがいじゃないんだよ。薄汚れた路地で届かない青空を惨《みじ》めに眺めてた、そんな〈おれ〉なの？」

自嘲《じちよう》気味に告げて、リヒトは首をかしげるようにニナを見た。

ニナはリヒトを見あげたまま瞳を揺らす。

おどろきがないといえば嘘だった。〈出来そこない〉ではあっても、ニナは両親と兄と山奥の村で普通に暮らしていた。悪いことは悪いこととして、当たり前の規範意識がある。

それでも背骨が浮きでるほど痩《や》せた少年を思い浮かべた。豊穣《ほうじよう》と誕生のマーテルの不平等に憤《いきどお》りの言葉を吐いた少年が、見たこともない小さなリヒトとかさなる。

逡巡《しゆんじゆん》のままニナは、で、でも、と口を開いた。

「たしかにその……昼間の少年のような行為は、してはいけないことです。わたしも正直あのとき、どうしていいか迷いました。だけどメルさんが境遇によって〈モルスの子〉になったのと同じで、助けを得られない環境にも原因があるのなら、すべてをその子の責任だとするのは、なんか……ちょっと」

眉をひそめて首を横にふる。丸卓に置かれた手提灯がふと、リヒトの上着に刺繍された銀の白百合を――軍衣《ぐんい》に戴《いただ》く尊《とうと》い証《あかし》を煌《きら》めかせた。

その輝きを青海《あおうみ》色の目に映して、ニナはリヒトを見つめた。

「それに過去は過去として、いまのこの……わたしの目の前にいるリヒトさんは、〈黄色い鼠〉じゃありません。国家騎士団員であることはもちろん、兄宰相閣下から託された公務をきちんとこなされている、リーリエ国の立派な王子殿下です」

「立派なんかじゃないよ」

「え？」

「そうやって見えてる……見せてるだけ。実際は毎日がいっぱいいっぱい。会談は外務官の想定問答集を上着に仕込んで、こっそり確認してる。紹介された貴族の名前も三歩歩くと忘れるから、ずっと誤魔化《ごまか》し笑いしてる。でもっておれ、お城の大広間みたいな場所だと、やっぱりご飯が食べられないし」

　食べられない、とくり返して、ニナは、リヒトの体調を案じていたエリーゼ姫の発言を思いだした。そして昨日、夜会の直後だったのに三十個ものクレプフェンを平らげたリヒトを——あれは。

　リヒトは情けない顔で笑った。

「子供じみてて恥ずかしいけど、こればっかりはね。豪華すぎると気が引けたり、〈銀花の城〉でもいろいろあったりで。……まだあるよ。大事な恋人が毛皮で着ぶくれてるお姫さまに捕まって、非礼で横柄で嫌な物言いで貶《けな》されても、立場を考えたら我慢するしかない。わざとらしい会話と笑顔で、その場からお姫さまを離すことしかできなかった、最悪にかっこ悪い〈おれ〉」

「リヒトさん……」

ニナは軽く息をのんだ。口元をおさえて見あげると、リヒトは、うん、とうなずいた。

「これでどう？」

「どう……って、あの」

「これでニナも、遠慮なく話せるんじゃないかなっていうか、いまさらだけどニナ。……国境の森で、なんかあったでしょ」

「！」

ずばりと核心をつかれて、ニナは首をすくめる。

やっぱり、と小さく嘆息《たんそく》したリヒトは、扉に近い長棚《ながだな》を見た。荷物袋や明日の着替えが置いてあるそこには、矢筒《やづつ》と短弓《たんきゅう》が立てかけられている。

「弓筋はニナの心だからさ。半天幕に届けてくれたクイッテン、いい緊張感で射ぬけてた。そのすぐあとに、焦って確認を怠《おこた》って誤射――なんて、冷静に考えたらあるわけないんだよ。……気づくのが遅れてごめん。昼間の親善競技で変に気負ってるように見えて、それであれって思って」

ナルダ国の特使から落矢を届けられて、それを口実に、部屋まで様子を見にいこうとしたんだけどさ、とリヒトはぼやく。

少し考えると、言葉を選ぶようにつづけた。

「……火の島杯から帰って、ニナ、なんとなく元気がないかな、とも思ってて。でもあれだけの大事件のあとだし〈あの子〉のこともあるし、そのせいかとも考えてたんだけど。なんかおれに身構えてるっていうか、〈ラントフリート〉に遠慮してる気もして……」

リヒトはニナに向きなおる。ふわりと笑いかけると、髪留めでととのえられた金髪が揺れた。

「もし言いづらいことだったら、おれが先にかっこ悪いところを話したら、多少は気兼ねがなくなるかなって考えたんだ。〈王子殿下〉に見えても、中身はちゃんと〈おれ〉だから緊張しないでって。ああもちろん、無理強《むりじ》いはしないよ。ただ親善競技で命石《めいせき》に届かなかったニナの矢が、いまのニナの心に見えたからさ」

新緑色の目は柔らかく細められている。

明るい葉色に濁《にご》りはない。そこにはニナが映っている。ためらうニナも唇をきつく結んだニナも、胸の前で手をにぎったニナも――

――そうしてニナは話した。

初めての外交や王子殿下のリヒトに戸惑っていたこと。それでも騎士として適切に対応し、自分を強いと言ってくれたリヒトにがっかりされないよう、がんばろうと思っていたこと。

だけどマルモア国兵から聞いたエリーゼ姫との噂《うわさ》で動揺《どうよう》して、誤射をしてしまったこと。リヒトに迷惑をかけて落ちこみ、不注意から昼間の少年に書筒《しょづつ》を盗まれて、人さらいに遭《あ》って助けてくれたのが、代騎士団の騎士かも知れないこと。失態ばかりな自分を恥ずかしく思い、競技場ならば騎士として挽回《ばんかい》できると思ったのにできなかったこと。

もやもやを長く抱えていたせいか、いちど口を開くと不思議と止まらなかった。窓辺で立っていた二人は、途中ですぐそばの寝台に腰かけていた。ニナは結局、王子の仕事をするリヒトを遠く感じたことや、火の島杯からの社会の変化が不安になったこと、喋《しゃべ》るのが下手《へた》だとあらためて思ったことまで、話した。

くべていた薪《まき》が燃えて暖炉《だんろ》の爆《は》ぜる音が小さくなった。

窓が海風にふるえる音に、遠い波音がかさなる。

天蓋《てんがい》付きの寝台に並んで座り、すべてを聞き終えたリヒトは目元をおさえた。はあ、と深い息を吐くと、ゆっくりと後ろに倒れこむ。幅広のズボンからのぞく尖頭靴が、柱にくくられた天蓋のカーテンを引っかけて揺らした。

そんな恋人の姿に、ニナは上着の合わせ目あたりを落ちつきなくいじった。

口が達者なリヒトと言葉にするのに時間がかかるニナで、こんなふうに自分だけ語ったのは珍しい。うん、うんそれで、と優しく先をうながしてくれたけれど、情けないことを話した自覚はある。

うつむきかけたニナの気配を察したのか、リヒトは、ちがうの、そうじゃないの、と言った。

「……気づかなくてごめん、どころじゃなくて、心の底から大反省っていうか。ベアトリスがまえに教えてくれた、ニナには〈騎士〉と〈女の子〉の部分があるって、こういうところかなとか。あのお菓子なお姫さまは、仕入れた扁桃油《へんとうゆ》を松脂《まつやに》とすりかえて……は要検《けん》討《とう》で、人さらい云々《うんぬん》は一人歩きの注意事項を追加しなきゃとか。なによりもともかく、おれがニナに、〈がっかり〉とかって」

リヒトは目元をおさえていた手をどけた。

仰向《あおむ》けに寝そべったまま、どこか不安そうに見おろしてくるニナに告げる。

「それ、ないの」

「ない?」

「うん。ついでに言うと、嫌いになる、飽きる、うんざりする、嫌気がさす、愛想をつかす、もないの。それってぜんぶ妄想に近い異国語なの。そもそもおれが〈ここにいる〉のは、それがありえないからだし」

言葉の意味をはかりかねて、ニナはうかがうようにリヒトを見つめる。リヒトはしばらく逡巡《しゅんじゅん》していたが、いいやもういきおいだ、と、寝台に散った金髪をかいた。

連絡役貴族がシレジア国の任務を伝えにきたときのこと。王籍離脱の返事に時間がかかった本当の理由。兄宰相がおれの好きなものだと、ニナを連想させる青玉の指輪をよこしたこと──

ニナは当惑に視線を迷わせる。火の島杯の結果報告のとき、〈銀花の城〉で初めて目にしたリーリエ国の宰相を思いだした。リヒトの義兄である、故王妃を母とするリーリエ国の王太子。陰気で偏屈という世評どおり、抑揚《よくよう》のない声で特別褒賞《とくべつほうしょう》について口にしていた。片膝をついて並ぶリーリエ国騎士団員の後方で、緊張から縮こまっていたニナになど、一瞥《いちべつ》さえくれなかった静かな表情。

──あの方が、わたしのことを。

国家騎士団員であっても平民にすぎない自分を、次代の国王となる人物が調べていたというだけでも圧迫感に喉《のど》が詰まる。そして結果としてリヒトが、王子の役目を断れなくなった、ということは──

導きだされた答えに、温かな部屋が急に寒くなった気がした。ニナは頼りないまなざしをリヒトに向ける。

「リヒトさん、でしたらそれは……なんというかわたしの存在が、リヒトさんの――」

「ちがうよ。ニナは枷《かせ》でも重荷でもない。おれが勝手に好きになって、おれが勝手に迷惑かけてるだけ。でもってこれはおれが解決しなきゃいけない問題。人形だった〈あの子〉のことが、ニナの大事な目標であるように」

ニナが言わんとしていることを察して、リヒトは柔らかい声で、それでもはっきりと否定する。

寝転んだまま天蓋を見あげた。寝台の天蓋には、シレジア国章の錨《いかり》の図案を中心に波の模様が刺繍《ししゅう》されている。白波を立ててうねる波浪は複雑な渦を巻き、さまざまに交錯《こうさく》する人の心のようにも思える。

リヒトはそんな天蓋を眺めて告げた。

「……兄宰相がなにを考えてるかは、おれにもわからない。〈ラントフリート〉を飼い殺しにするつもりか、使うだけ使って処分するつもりか。だからいまは目先の公務に取り組むしかないいんだけど、でも少なくともニナが聞いたような……マルモア国のお姫さまだけじゃなくて縁談関係は、この先もたぶんないと思う」

「あの、でも、わたしがいうのもあれですが、王子のリヒトさんを利用するのなら、そういったことの可能性も……」

「だっておれを徹底的に調べてたなら、おれがニナに呆《あき》れるほど夢中なのも見てるでしょ。だからこその〈猫の首に輪をつける弱み〉だし。政略結婚で得られる利益とおれ自身の利用価値。このあたりはさじ加減だね。おれが自棄《やけ》になって国を出奔《しゅっぽん》したら、火の島杯で活躍した国家騎士団員の王子、を使えなくなるからさ」

小さな笑いをもらして、リヒトはごろりと横向きになる。

寝台の縁に座るニナに向いて頬杖《ほおづえ》をつくと、少し考えてから言った。

「仕切りなおしの縁談の件は想像だけど、兄宰相は察してておれに丸投げしたんじゃないかな。一度目の拒絶を辞退で取りつくろったみたいに、両国の友好を損なわないよう穏便にやり過ごせって。貴人独特の価値観とか国の関係とか、ラントフリートの条件に夢中なお姫さまとか、正直ほんとに疲れることばかり。……でもねニナ。おれ今日だけは、自分が〈王子〉でよかったって思ったんだ」

「今日だけは……よかった？」

「うん。リーリエ国の王子だから、昼間のあの男の子を助けられた。ただの〈リヒト〉だったら、一国の宰相を制止したり提案するなんてできなかった。〈王子〉も使い方次第っていうか、そう考えるとわだかまりに固執してた過去を後悔《こうかい》もするんだけどね。もっと早くに賢く立ちまわれてたら、街中で見かけた同じような子供にも、金貨だけじゃないなにかがあげられたかも……って」

自嘲《じちょう》気味に告げたリヒトは、それでも穏やかな微笑《ほほえ》みを浮かべてつづける。

「……悔《く》やんで反省して、だけどそんなときは自分に言い聞かせるの。失敗したら、失敗を抱えて立ちあがればいいんだって。それがある意味、おれが憧れてるニナの〈強さ〉だから」

ニナは、え、という顔をする。わたしの強さ、とくり返したニナに、リヒトは頬杖をついていない方の腕をのばした。

矢をつがえる右手に触れる。爪は短く切られて、柔らかいけれど指先は荒れている小さい手を、リヒトはなにか尊《とうと》いもののようになでた。

「勝ち目のない相手で誰もが無理だって思ったのに、外した矢を拾ってもういちど弓射できた強さ。敵としてあらわれた友だちに泣いて、逃げられたのにでも逃げずに、最後まで立ち向かえた強さ。笑われて嫌なことを言われて下を向いてたのに、追いつめられた男の子のために……マーテルに恵まれなかった存在のために走れちゃう強さ」

「リヒトさん……」

「競技場で相手に打ち勝つとか、堂々として迷わないって意味じゃないんだ。ニナは結果も出してきたけど、結果を出せたから強いって思ったわけでもない。どんなときでも諦めずに前を向ける姿勢そのもの。……ねえニナ、海にはいろんな姿があるんだ。凪《な》いだり荒れたり、煌《きら》めいたり重く沈んだり。だけど海は海じゃない？」

「は、はい」

「どういう表情を見せても、海は海で変わらない。うじうじ悩んでも情けなくても、失敗しても落ちこんでも、それでもやっぱり大切なもののために足が踏みだせる。……でもっておれは、そんな海が好き。温かくて優しいおれだけの青い海が、なによりも大好き」

深い海色の瞳を見つめて、リヒトは触れていたニナの手をすくいとった。

目を伏せて口づけを落とす。指先をくすぐった熱と吐息に、ニナは首をすくめた。身じろいだ身体《からだ》で、寝台がぎしりと鳴った。

丸卓の手提灯《てさげとう》は、寝台で身を寄せあう恋人たちを照らしている。

柱にくくられた天蓋《てんがい》のカーテンは、夜の帳《とばり》となってふたりを包んでいる。

音を立てて唇を離れさせたリヒトは、いまさら気づいたという顔をする。周囲を見まわせば互いのほかに誰もいない客室と、頬を赤らめて肩をちぢめているニナが見える。

リヒトは、複雑そうな顔で苦笑した。

「なんかあれだね、狙ってたわけじゃないけど冷静に考えたら、夜だしふたりきりだし……ここ、寝台だったな、って」

「そうですね。夜でふたりきりで、寝台です」

「…………」

「あの、リヒトさん？」

「……いや。いやいやちょっと待って。ニナの可愛《かわい》い声で明言されると、本能が理性の命《めい》石《せき》を奪って即退場っていうかさ。……とりあえず落ちつこう。こう見えても実はおれ、ここまで我慢したなら公的に許される関係になれるまで、〈ゆっくり〉を維持しようがんばろうって思わなくもなくてね。こういうときは……そう、憤怒《ふんぬ》の表情で剣帯《けんおび》に手をかけてるロルフだよ。ニナに対しては異様に鋭敏な隻眼《せきがん》の番犬だし、いつ扉がたたかれても不思議はないと思えば」

――部屋の扉が唐突《とうとつ》にたたかれた。

瞬時に身を跳ねさせたリヒトが、寝台から飛びおりた。

天蓋の支柱に隠れようとして収まりきらないことに気づくと、寝台の上掛けをめくりあげてもぐりこむ。はみ出ている上着と長い足を、ニナがあわてて上掛けにしまい込んだとき、扉があけられてロルフ――ではなくトフェルが、ひょいと顔をのぞかせた。

トフェルは不自然に盛りあがっている寝台の上掛けと、真っ赤な顔で髪を乱れさせたニナに目をとめる。大胆《だいたん》にやらかしてんな、っつうかそれ隠れてねーぞ、と平坦な声で言った。

トフェルは肩越しに廊下《ろうか》を指差してつづける。

「マジでお楽しみのとこ悪いけどよ、女宰相さんの侍従《じじゅう》が下まで来てて、おまえを客室に呼びにいった小姓《こしょう》が、呼んでも返事がないって騒いでる。……なんかちょっと、かなりやばいことになっちまったみてえで——」

5

朝靄《あさもや》が薄く流れる港湾地区。

外套《がいとう》を舞わせて走ってきたトフェルは、靄のなかに浮かびあがる二つの影に気づいた。

冷えきった冬の朝に長靴《ちょうか》の音がこだまする。顔を真っ赤にさせているニナと、長い黒髪を海風になびかせているロルフは、同じく前方からあらわれたトフェルを見つけた。

白い息を吐いて互いに駆けよる。早朝の鐘が鳴ってまもない時間帯ながら、中央桟橋《さんばし》付近は制帽をかぶった警兵が行き来し、騒然とした空気に包まれている。

トフェルが急《せ》きこむように言った。

「こっちは外れだ。警兵が係留されてる船を端から確認したが、代騎士団の船は見つからねえ。そっちは?」

「だ、駄目です。灯台近くの桟橋にも、商船らしい船しか」

息を切らせて答えたニナに、ロルフがつづいた。

「港を管轄《かんかつ》する役人が、船が停泊していた水上競技場の周囲を調べている。現時点では係留ロープの破損による漂流、浸水による港湾内での沈没は確認されていないそうだ」

「だったらやっぱ意図的に出航したってことか。なんなんだよこれは。代理競技当日に、出場騎士が船ごと消えちまうとか、マジで意味わかんねえって」

トフェルは苛々《いらいら》と頭をかいた。

ロルフは腕を組んで考えこむ。ニナは不安な気持ちで、中央桟橋に荷車を引いていく警兵を見やった。王都と近海の守りを受けもつシレジア国警兵は御用船を所有している。水と食料を大急ぎで運ぶ彼らは、このまま船に乗りこんで、海上での捜索をするようだ。

——本当に、なにがなんだかわかりません。どうして、こんなことに。

シレジア国章を描いた帆が帆柱に広げられる音を耳に、ニナはにぎった拳で胸をおさえた。

代騎士団が宿舎の船ごと消えたのは、日付が変わろうかという深夜のこと。

発見したのは巡回中の警兵だった。明日の本番をまえに不測の事態が起こってはならないと、水上競技場の周辺には警兵が配置されていた。そんななかでの突然の事態だった。

報告を受けた女宰相《おんなさいしょう》パウラはすぐさま警兵長を動かした。しかし昨夜は曇天《どんてん》。港には数百もの船も停泊しており、御用船のように特徴的な帆でもなければ、視界がきかぬ闇夜での捜索は容易ではない。夜明けを迎え、報告を受けた各国の特使一行も捜索に加わったが、いまだ発見にはいたっていない。

朝の鐘が鳴った。回数は七回。

船の帆柱に止まっていた海鳥が、軽やかに飛びたつ。

潮風を受けて上空へと消えていった鳥と入れかわるように、大通りから騎馬が駆けてくる。

下の街の大通りは中央桟橋につづいている。手綱《たづな》をにぎっていたリヒトは、桟橋のまえにいるニナらのもとに駆けよると、上着をひるがえして馬からおりた。ニナの客室にいたところを呼びだされた彼は、着替える余裕がなかったため、白百合《しらゆり》が刺繡《ししゅう》された上着にブリオー姿のままだ。

トフェルから港湾での捜索状況を聞いたリヒトは、乱れた金の髪をかきあげる。こっちも駄目か、と息を吐いて、陸上を調べた結果を伝えた。

「城下の娼館《しょうかん》や酒場関係はぜんぶ空振《からぶ》り。街門を夜間に通過したものもなしだって。そもそも船が消えてるなら、やっぱ夜のうちに出航したって考えるしかないかな。……ほんとなにこれ。事態を聞いた王妃殿下は卒倒しちゃうし、なにも知らない貴族連中は観覧台に集まりはじめてるし、もうすぐ王兄側の代騎士団が到着しちゃうのにさ」

「で、女宰相さんはどうするってよ、おーじでんか」

「いまはそれやめてリヒトだから。あとわざと間のびした言い方もやめてむかつくから。最初は血相抱えて捜索の指示を飛ばしてたけど、いまはキントハイト国の特使代表と協議してる。それと万が一用に、昨日模擬《もぎ》競技をやった貴族所有の騎士団を招集してる。このまま見つからなかったら、棄権《きけん》扱いで向こうの不戦勝になるから」

　リヒトは、じろりとトフェルを睨《にら》みつけて言う。

　ニナはあの、とリヒトを見あげた。

「向こうの勝ち、とは、つまり南シレジアの王兄殿下が、シレジア国の新王になる、ということですか？」

「そういう決まりだからね。結果を保証するのが国家連合《リントヴルム》か立会人かってだけで、代理競技の基本は裁定競技会だから——」

「それが狙いということはないのか？」

　黙っていたロルフが唐突に言った。

　三人の注目を受けた青海色《あおうみ》の隻眼《せきがん》には、思案の色が浮かんでいる。

「遺児側の代騎士団が消えて得をするのは王兄側だ。王兄側は〈赤い猛禽《ブルート・フォゲル》〉により壊滅させられた、シレジア国騎士団の復帰者で挑むと耳にした。なかには目や手足を損ない、満足に戦えぬものもいると。勝ちはほぼない。代理競技が裁定競技会と同じならば、勝ったものが正義だ。シレジア国の王冠と王太子だった自身を追いおとしたものたちへの復讐《ふくしゅう》。代騎士団を消す動機になり得る」

一理あるな、と、トフェルが応じた。

「仮にいまから代騎士団の代理っ……て、ややこしいが、貴族所有の私設騎士団から使えそうな騎士を集めても、昨日の奴らが選びぬいた精鋭だろ。それに劣る、いわば〈控えの騎士〉相手なら、シレジア国騎士団の〈生き残り〉でも五分五分くれえの勝負が……って、つうかあれ？　なんか考えたら、いまさらだけど変じゃね」

トフェルが気づいた顔をする。丸皿に似た目を見ひらいて、一同を見まわした。

「火の島杯でロルフが狙われたように、騎士の情報は重要だ。まして王冠のかかった競技会で、王兄側がシレジア国騎士団の復帰者で挑む——とか。仮に事実でも、それこそ直前まで隠すんじゃねーのか？　だけど〈貝の城《ムル・シエル》〉の連中は、そのことを普通に知ってた」

「なるほど。故意に流した可能性がある、ということか。確実に勝利するために、自軍を過小評価させる情報戦は珍しくない。だとすると王兄側の代騎士団は……」

眉《まゆ》をよせたロルフの姿に、待て待て待て、と、トフェルが両腕で自分を抱く。

冷えた鼻をずずっとすすって、首を横にふった。

「なんかすげえやな感じがするぞ。たとえるなら、これだ、と思って小さいのに仕掛けた悪戯《いたずら》が、ハンナに見つかって不発に終わるまえの、しょっぱくて寒々しい〈外れ〉の感覚だ」

リヒトがトフェルの鼻面《はなづら》を指で弾く。

「ぜんぜんわかんないし。ていうかおまえの悪戯は、未来永劫《みらいえいごう》〈外れ〉でいいんだよ。でも待って。王兄側の代騎士団が噂《うわさ》以外にいるとしても、いったい誰が？　元王太子っても、王都を追われて南シレジアの領地に引っこんでる御仁《ごじん》でしょ。噂じゃ酒浸りとか、側近に当たり散らしてばかりとか。政治力も資金力もない、そんな陣営にいったい誰が協力するって」

――中央桟橋《さんばし》にざわめきが広がった。

来たぞ、王兄殿下の代騎士団だ、との声があがった。

「――！」

ニナは走りだしたリヒトのあとにつづく。

緩《ゆる》やかに湾曲している王都ギスバッハの港。水上競技場は倉庫街の先の、ちょうど崖上《がけうえ》の王城から見おろせる位置にある。

沖合からゆっくりと近づいてくる帆船《はんせん》を横目に、ニナは商船がまばらに停泊している港を駆けた。港湾の中央で大きく舵《かじ》を切った船の帆には、御用船と同じく、シレジア国の紋章が昂然《こうぜん》と染めぬかれている。まるで自分たちこそが、シレジア国の正統な王に仕えるものだと言わんばかりに。

追い風を受けた船足は大きな白波をたてるほどに速い。

ニナたちが水上競技場についたときにはすでに、船から水上競技場の連絡路へと、渡し板がかけられている。

外套姿の兵や操船の船乗りが集まる甲板には、水色の軍衣《ぐんい》のものが数人いる。肩から斜めにかけられているのは、代騎士団の証《あかし》であるサッシュだ。事前の取り決めで、それぞれ国旗に使われる色を基調とした装飾帯をまとうことになっている。

王兄側は青色、遺児側は金色。

──あれが、王兄マクシミリアン公の代騎士団。

ニナは港からは高い位置にある、船の甲板を見あげた。

代理競技は交代騎士が認められていない。きっかり十五名の騎士のなかには一見して、四肢《しし》を損なっているものはないように見える。事前情報はやはり、遺児側を油断させるための流言だったのかと思ったニナは、船首付近に立っている騎士に目をとめた。

──え？　あれは……。

青海色の目をじっと凝《こ》らした。

次に、なんで、どうして、と口元を手でおさえる。

長身でしなやかそうな体格の騎士。

頭にはすでに競技用の兜《かぶと》をかぶっていて、腰には曲刀をさげている。揺れる船上でも微動だにしない佇《たたず》まいは、大競技場でこそ輝くだろう。顔はもちろん知らない。けれど背格好と、遠望鏡《えんぼうきょう》ごしでも伝わってきた存在感は、まちがいない。

「おい、あいつ……いや、なんだよこんな仰天《ぎょうてん》。つうか、マ、マジか……？」

あのとき隣で観戦していたトフェルが、やはり隣で、うわずった声をあげる。

まえに見たときはテララの丘のプルウィウス・ルクス城だった。火の島杯の開会式も終盤の、四地域の破石王《はせきおう》による展覧競技。愛と平和の女神シルワの肩布を舞わせて、海鳥のように跳躍し、名だたる破石王と華麗《かれい》な剣技を披露していた――

「南方地域の破石王……エトラ国騎士団長……？」

ニナは信じられない思いでつぶやいた。

リーリエ国騎士団員の食いいるような視線のなか、渡し板がととのったのを確認したエトラ国騎士団長が手をあげる。

背後の騎士たちに下船を指示すると、腰の高さの側壁に、たん、と飛んだ。細い渡し板を悠然《ゆうぜん》と歩くと、連絡路へと降りたつ。

仲間の騎士たちがそれにつづいた。船上だということを感じさせない足取りで、次々に水上競技場へと移動していく。呆然《ぼうぜん》と見送るニナの視界に、最後尾を歩く騎士が入った。

中背《ちゅうぜい》の痩《や》せた体格と、腰にさげた細身の曲刀――

息をのんだニナの目の前で、昨日まで遺児側の陣営にいた青年騎士は、渡し板をとおっていく。

こほ、と乾いた咳《せき》をもらして、水上競技場へと消えた。

◇◇◇

「つ、つまりは我らに、代騎士団として戦ってほしい。そ、そうおっしゃるのですかな、宰相閣下?」

沈黙を破ったのは、クロッツ国騎士団長レオポルドだった。

水上競技場の一角にある、係員用の控室。

各国の特使と随行団員《ずいこうだんいん》の衆目《しゅうもく》のなか、宰相パウラは、はい、と頭をさげる。予想外の事態への対応に追われてだろう、柔和《にゅうわ》な顔立ちは綺麗《きれい》に化粧《けしょう》されているが、ゆるく編まれた髪は、ところどころが乱れてほつれている。

「代理競技開始まで、あと砂時計二反転を切りました。代理競技の規則は裁定競技会に準じます。遺児殿下の代騎士団があらわれなければ、相手側の勝利が決定します。すでに会場に運ばれている王冠は、名代である老軍務卿《ろうぐんむきょう》により、南シレジアの王兄マクシミリアン公の元へと持ち帰られるでしょう」

パウラは、憂《うれ》いを込めた声でつづける。

「到着した王兄殿下の代騎士団には、まさに昨日、この競技場で剣技を披露した騎士が数名ほどおりました。おそらくは今日のために、我らが騎士を選ぶ地方競技会を開催したころから、紛《まぎ》れこんでいたのでしょう。内部に敵がいたのなら、いくら宿舎の船を警護しても意味がない。あらわれたもの以外の騎士たちは就寝中を襲われたのか、それとも全員が王兄殿下の潜入者だったのか」

悔《くや》しげに唇を結び、控室に集《つど》う面々をあらためて見わたした。

「仮にも王太子の地位にあった御方が、よもやこのように狡猾《こうかつ》な策を弄《ろう》するとは。エトラ国とのあいだでどのような密約があるかは存じませぬ。しかしマクシミリアン公が勝利し王権を得れば、エトラ国が国政に干渉してくるは必至。南方地域の三大港町の一つを王都とする彼《か》の国は、海戦に長《た》けていると聞きます。火の島杯の災禍《さいか》を好機と、西方地域への侵出を企《たくら》んでいるやも知れませぬ」

パウラは切々と訴えかける。

すんなりした長身でひざまずいた。孔雀《くじゃく》羽根が飾る胸元に手をあてると、安寧《あんねい》のため、友好国の方々のお力をなにとぞ、と、ふたたび深く頭をさげた。

観客席にはすでに見物人が入り、ざわめきの気配が伝わってくる。遠くで鳴らされた祝砲の音に、トフェルらと長机をかこんでいるニナは、びくりと肩を揺らした。どうしていいかわからず、審判部役として渡された角笛を、ただにぎりしめた。

──王兄側の代騎士団の到着は、すぐさま、女宰相パウラへと報告された。

王兄マクシミリアン公の代騎士団には、破石王をふくむエトラ国騎士団員で構成されていたこと。さらには遺児側の代騎士団として任命するはずだった、数名の騎士も入っていたこと。

一報を聞いた女宰相パウラは、すべてが確実に勝利するための王兄側の計画だったと察したのだろう。顔をおおってうずくまり、しばらく執務室に閉じこもった。目眩《めまい》でも起こしたのか、壁になにかがぶつかる音や、家具が倒れるような物音が聞こえたらしい。またかねて臥《ふ》せっていた王妃は、突然の凶報を受けて卒倒し、マルモア国侯爵令嬢エリーゼ姫がつきそっている。

それ以外の各国の特使は対応を協議することとなり、式典用ケープをまとったニナは話し合いの推移を見守った。

代理競技が戦闘競技会《せんとうきょうぎかい》制度のなかにあるのなら、立会人には公正性が求められるべきだ。裁定競技会での国家連合のように、どちらの陣営にも与《くみ》さず役目を果たす。しかし各国の思惑や利害関係、軍事衝突の回避という観点から、実際には五カ国のすべてが遺児マルセルに肩入れしていた。それは遺児側が勝利を確実視されていることゆえの対応で、けれどその前提が思わぬ形で崩れた。

――王兄マクシミリアン公がシレジア新王となった場合、自国との関係はどうなるのか。謀略《ぼうりゃく》を使って王冠を望んだ姿勢に義憤は覚えても、優先すべきは自国の利益だ。対応を誤れば勝ち馬に乗りそこねて、自身や本国の不利益につながる。まして南方地域のエトラ国が絡んでいるとなれば、迂闊《うかつ》にかかわるのも己の首を絞《し》めることになる。

複雑な事情の絡みあう判断で、なにか意見が合わなかったのだろう。貴国はそもそも信用がならぬ、ですから審判部長の件は事実無根だと――キントハイト国の特使代表とクロッツ国の特使が対立して、ナルダ国の特使が仲裁《ちゅうさい》に入っていた。そんななかでリヒトは一人、発言することなく腕を組んでいた。

やがて女宰相パウラが控室にあらわれた。彼女が引きつれてきた侍従《じじゅう》たちは戦闘競技会用の装備一式と、水色の軍衣、海の幸《さち》を描いた金のサッシュを手にしていた。そしてパウラは消えた代騎士団の代わりを、四カ国の随行団員に依頼した。情に訴え理を説《と》いて、深々と頭をさげた——

落ちた静寂に、祝砲の音がふたたび聞こえた。

ニナは壁際の長椅子《ながいす》に座るリヒトの様子をうかがう。リヒトはやはり無言で、じっと考えこんでいる。

——無理もありません。いまだにわたしも、自分で見たものが信じられません。まさか、こんなことになるなんて。

恋人の険しい横顔を見ながら、ニナは眉根《まゆね》をよせた。

港湾でエトラ国騎士団長を目にしたときは本当におどろいた。ほんの数カ月前に遠望鏡のなかで、華麗《かれい》な妙技を披露していた破石王。

エトラ国については火の島杯でのことしか知らない。負傷者が続出した競技と国家連合の対応に不満をもち、第四競技を棄権した南方地域の国。それでも開会式に最後の皇帝の像のまえで誠心《せいしん》を見せた、騎士の代表ともいえる破石王が、だまし討《う》ちのような行為に加担するとは思わなかった。

またあの中背《ちゅうぜい》の騎士——細身の曲刀と乾いた咳からすると、おそらくは倉庫街でニナを助けてくれた青年。リヒトが指摘したように、昨日の模擬《もぎ》競技でも彼が相手騎士を通路まで飛ばしてくれたおかげで、少年を追う警兵を足止めすることができた。

それが故意か偶然かはわからないけれど、人好きのする笑顔を思うと、やはりこのような謀略にかかわるとは――そこまで考えて、いえ、でも、と思いつく。

――遺児殿下が勝利すれば、実質的には女宰相が仕切っている現在のシレジア国がつづくということです。あの方がもし、貴族や大商人が優遇されるというシレジア国の施政《しせい》に不満をもっているなら、計画に加担した動機になります。

けれど王兄マクシミリアン公は、自身から王冠を奪ったものたちを恨んでいると聞いた。〈赤い猛禽〉に息子である騎士団員を傷つけられた老軍務卿も、ガルム国の威を利用していた女宰相らを敵視していると。新王となった王兄がエトラ国の協力を得て遺児側の重臣を粛正《しゅくせい》し、武力衝突から内乱に拡大すれば国が荒れる。それでは富裕層が厚遇されるいまのシレジア国より、結果的に酷《ひど》い状態になるのではないだろうか。

うつむいたニナは、やがて首を横にふった。

――感傷的になっている場合ではありません。ともかくは騎士として、どうしたらいいのでしょうか。ゼンメル団長がもしここにいたら、どのような解決策を導いてくださるのでしょうか。

長机の周りに座る十数名の騎士は、当然ながらリーリエ国騎士団員ではない。顔を合わせて数日程度の随行団員《ずいこうだんいん》たち。隣には腕を組んでいる兄ロルフと、頰杖《ほおづえ》をついているトフェルがいるだけだ。団長ゼンメルも副団長ヴェルナーも、中年組もいない。

いない――――

ニナはふと視線を揺らした。リーリエ国を出てから何度となく、頼りになる年長者を自然と探していた自分を考える。

――そうだな。……うん。まあやってみよ。

〈先生〉の捜索を願いでたときに言われた、ゼンメルの言葉が頭をよぎった。ニナがぼんやりしていると、長い静寂に焦れたように、頭をさげていた女宰相が顔をあげた。

近くにいたクロッツ国騎士団長に、いかがでしょうか、と問いかける。懇願《こんがん》のまなざしをひたりと向けられ、頰を赤くしたレオポルドは、しかし頑健《がんけん》な首回りをすくめて身をのけぞらせた。

「いや、いやしかしですな。このように一国の利害が絡む繊細《せんさい》かつ重要な案件は、たかだか国家騎士団長に過ぎぬわたし程度が、口を挟むべきことではないと」

「……よく言うぜ。代騎士団を依頼されたとたん、びびって態度を変えやがって。さっきまでは、なんたる卑劣漢《ひれつかん》だ断固として許せぬ、西方地域の平和が騎士の誠心が、これだか

「……って、大騒ぎだったくせによ」

呆《あき》れ声でぼそりともらし、トフェルが耳をほじる。

彼が言うように女宰相があらわれるまで、レオポルドは王兄側の計画を罵《ののし》っていた。とくにエトラ国騎士団長のやり方を糾弾《きゅうだん》し、最近の破石王はなっていない、一人は反逆に加担し、一人は花遊びに耽溺《たんでき》し──と、鼻息も荒くまくし立てていたのだが。

レオポルドはトフェルを見すえる。馬鹿を申すな、このわたしが破石王ごときに臆するはずがなかろう、ただ万が一の責任の所在を熟慮《じゅくりょ》してだな、と歯切れ悪く言った。

女宰相パウラは、床に膝をついたままうなずいた。随行団員を見わたしてつづける。

「仮に敗北しても責任を問うような非礼はいたしません。剣技の心得のないわたくしが言うのも僭越《せんえつ》ながら、勝利の可能性が少しでも高い騎士にお願いしたいのです。こちらに集《つど》いしは、火の島杯での上位国や水上戦闘の経験がある沿岸国の方々ばかり。レオポルド団長、そうではありませんか?」

「ま、まあ、たしかに。とくに沿岸の二カ国の動きは、地の利を得ているかと。我らの力を結集すれば。エトラ国程度にひけをとるとは思いませんが……」

午前の鐘が鳴った。

開始まで砂時計一反転となった。

キントハイト国の特使が立ちあがる。はっと周囲が視線を向けるなか、そろそろ時間だ、審判部の位置へ、と自国の騎士団員に声をかける。

代騎士団の依頼は受けられない——態度に込められた意味に、お待ちください、と女宰相が立ちあがった。キントハイト国の特使はぞんざいに片手をふって、説得の言葉を退けた。

「代理競技には立会人が必要だ。国王陛下より全権を託された特使代表として、わたしは役目をまっとうする。もとより立会人は中立であるべきもの。どちらが勝利したとて、キントハイト国は同じ沿岸国としての、等しき友誼《ゆうぎ》を約するだろう」

キントハイト国騎士団員の数名が席を立った。

迷うように座っていたものも、やがては立ちあがった。漆黒《しっこく》に獅子紋章を戴《いただ》いた軍衣《ぐんい》の騎士たちは、立礼《りつれい》を残し、部屋を出た特使につづいた。

控室にしん、と静寂が落ちる。

随行団員で隊を組むといっても、親善競技の結果から中心となるのは、まちがいなくキントハイト国だった。そのキントハイト国が手を引いた——自身と自国の利のために、分の悪い勝負にはのらないと宣言した。

クロッツ国の特使が落ちつかない表情で周囲をうかがい、ナルダ国の特使は静かに目を伏せている。これはもう、不戦敗による王兄側の勝利だとの空気が流れたとき、いままで黙っていたリヒトが唐突《とうとつ》に口を開いた。

「特使代表の仰《おっしゃ》るとおり、立会人を引き受けた以上は、中立の役目を果たさねば国の信頼に傷がつきます。しかし王兄側が勝利すれば軍事衝突から内乱になる可能性が高い。今世の騎士の剣は平和のためのものです。それをふまえて宰相、仮に我らが協力するとて、あなたはどんな〈報酬〉をお約束くださいますか？」

女宰相パウラは、は、とリヒトの方を向いた。

リヒトの言葉から、交渉の余地があると察したらしい。

片眼鏡《かためがね》の下の目が輝いた。大人しやかな顔立ちながら、一国の宰相が帯びるにはどこか生々しい光だった。事前に思案をしてきたのだろう。胸に手をあてて一礼をしたパウラは、よどみない口調で答える。

「その国の至宝である国家騎士団を雇用させていただく意味は、じゅうぶんに承知しております。本国に対しては通商交渉での優遇措置《そち》はむろん、特別謝礼金の支払いを。団員の方々にはお一人あたり金貨一万枚。シレジア国での爵位と特別勲章の授与。良馬と良剣、お望みの宝石を――」

「……なんでそうなるかな。おれたちの剣は平和のためのものって言ったのに。だから貴人は嫌なんだよ」

ぼそりともれたのは〈リヒト〉としてのぞんざいな言葉。

あの、いまなんと、と戸惑うパウラに、顔をしかめていたリヒトは、いいえ、失礼しました、と微笑《ほほえ》む。

表情をあらためると協力する条件として、二つの〈報酬〉を要求した。

一つ目は仮に勝利した場合、王兄マクシミリアン公が恭順を示すならば、今回の謀略《ぼうりゃく》についいては寛大な対処をすること。彼らが剣を向けないかぎりは新王の伯父《おじ》として、南シレジアの領地にての生活を保証すること。

二つ目は、騎士団員に提示した報酬の代わりに同額程度の予算を組んで、貧民街《ひんみんがい》への慈《じ》善《ぜん》施策をおこなうこと。高騰《こうとう》している麦と薪《まき》の配給については、今日明日中にも実施すること。

――それって……それは。

成り行きを見守っていたニナは、その〈報酬〉のもつ意味を理解した。頰を紅潮させて、リヒトさん、と呼びかけそうになった口元を、あわてておさえる。

ロルフは静かなまなざしをリヒトに向け、トフェルはぽかんと口をあけた。おーじでんかが、おーじでんかっぽいこと言ってやがると、丸皿に似た目をさらに丸くする。

女宰相パウラは、虚をつかれたような顔をした。

商才と巨財で王侯貴族に気に入られ、宰相位をも金で買ったと揶揄《やゆ》される彼女には、己の利益を求めない〈報酬〉の提案が、にわかには理解できなかったのだろうか。片眼鏡を眼窩《がんか》にはめ直すと、真意をはかりかねるといった表情で口を開いた。

「それは……それはつまり、狡猾《こうかつ》な計略にて我らを陥《おとし》れようとした王兄殿下らを許し、そして下の街の……観覧台に紛《まぎ》れこんだような下賤《げせん》の民に、慈悲を与えよ、と？」

リヒトは、はい、とうなずく。

パウラは微《かす》かに首をふった。それでも施政をあずかる女宰相として、他国の要人に対しての礼節を守りながら問いかけた。

「……失礼ながらわかりません。ああいえ、ご協力していただけるのならば、どのような条件でも謹《つつし》んで。ですがなぜそのような慈悲を、マクシミリアン公やシレジアの民に見せられるのか、と。……そうです。ラントフリート王子は御幼少期を我が国で過ごされたと、エリーゼ姫より耳にしました。もしやリーリエ国の故王妃殿下に縁の貴族とは、マクシミリアン公とご関係が……」

「それ、対外的な公式設定なんです」

「え？」

「身分の高い方々に憚《はばか》りがあるので、本当の理由は話せないのですが。実際には故王妃殿下の縁故者の屋敷ではなく、南シレジアの灯台岬《とうだいみさき》に近い港街で生まれました」

「南シレジア……灯台岬？」

よほど意外だったのか、パウラはどこか呆然《ぼうぜん》とした顔でくり返す。リヒトは、ああこれ、内密でお願いします、と苦笑してつづけた。

「船乗り相手の酒場で、母と身寄りのない子供たちと育ちました。保護されたのではなく安価に使える労働力として。どれだけ働いても満足に食べられなくて、穴のあいた服を着ていました。薪が買えない寒い冬は、仲間と身をよせあって暖をとりました」

「船乗り相手の酒場……」

「はい。……ですので、たとえば水上競技場に迷いこんだような貧しい少年の境遇が、他人事《ひとごと》ではありません。そして軍事衝突となり国が荒れれば、身を守る術《すべ》をもたない子供たちが犠牲《ぎせい》となります。王冠は国王が戴くものです。しかしながら、その地に生きるすべての民のものであってほしいと思います」

姿勢を正すと、リヒトは宰相パウラに立礼《りつれい》を示す。

白い上着に刺繡《ししゅう》された銀の白百合《しらゆり》が、窓からの陽光を受けて金色に輝いた。

「わたしは王子であるまえに国家騎士団員です。争乱を防いで民の窮乏《きゅうぼう》を少しでも改善する――そのための剣ならば惜しみません。わたし自身も騎士団員〈リヒト〉として参加します。リーリエ国からはあと三名と……」

リヒトはナルダ国の特使を見た。

控え目な印象の特使は、オラニフ陛下の御心のままに、と微笑む。三名の騎士団員が立礼で応じた。

次にリヒトは、クロッツ国の特使に視線をやった。

小役人顔の特使は、騎士団長レオポルドと顔を見あわせる。返答を迷うような彼らに対して、誠心はどうした、エトラ国程度なんざ敵じゃねーんだろ、と、トフェルが野次を飛ばす。

レオポルドはえらのはった口元をへの字にした。そのとおりだ、と胸を張って立礼をした彼に、どこか諦めた表情の四名の騎士団員がつづく。よろしいのですか団長、これ以上の失態は軍務卿《ぐんむきょう》が、と焦る自国の特使に対して、レオポルドはうつむいている女宰相を見やって告げた。

「強きをくじき、弱きに力を貸すのは当然のこと。卑劣《ひれつ》な計略に苦しみ、恐ろしさにふるえる宰相閣下のお役にたてるなら、騎士団長としてまったく誉《ほま》れ――いや、だいじょうぶですかな宰相閣下？　ご気分でも……」

女宰相パウラは、は、として顔をあげた。

白粉《おしろい》が塗られた額には脂汗《あぶらあせ》が浮いている。気づかわしげな視線を向けられたパウラは、失礼いたしました、寝不足から目眩《めまい》が、と取りなすように微笑んだ。ともかくはリヒトの提案で話がまとまったとのことで、あらためて謝辞をのべた。

時間はすでにおしている。慌ただしく身支度《みじたく》をはじめた騎士たちに一礼して、パウラは王城の王妃に次第を伝えてくる旨《むね》を告げると、控室をあとにした。


後ろ手に扉を閉めたパウラは、そのまま立ちつくす。

競技場への回廊《かいろう》が近くにある階段ホール。上階からは観覧台の貴人たちのざわめきが聞こえ、隣の控室を使用していた王兄側の代騎士団は、すでに南の陣所へと入っている。

採光窓からの陽光が、白粉に滲《にじ》んだ汗をじっとりと照らした。

「灯台岬に近い港街……金髪の……〈リヒト〉……」

パウラは、記憶をたどるようにくり返す。

やがて、こちらへ、と低い声を放った。控室での声とはちがう、優しげな風貌《ふうぼう》にそぐわない声音《こわね》だった。

ホールのすみに控えていた警備長と副警兵長が歩みよってくる。頬髭《ほおひげ》が厳《いか》めしい警兵長と、乾いた目の副警兵長。パウラは周囲に人気《ひとけ》がないことを確認してから、口を開いた。

「随行団員《ずいこうだんいん》が協力を承諾《しょうだく》しました。まずはこのままで、あとは結果次第です。どちらにしても金策の必要が生じましたが、幸いに月は味方しています。警兵長は〈仕入れ〉を。副警兵長は――」

ぼそぼそと告げられた内容に、副警兵長は控室をちらりと見た。

彼らはうなずくと、足早にその場を去った。

ほどなくして笑い声が聞こえ、防寒具に身をつつんだ恰幅《かっぷく》のいい男性が階段をのぼってくる。

これは商会長、とパウラは頭をさげた。本日はお忙しいところにご列席を、鉄鉱石の売買では本当に、そうですね次に動きそうな品目は――如才《じょさい》なく告げられた声と表情は、女宰相のそれへと戻っていた。

◇◇◇

――観客席は、奇妙なざわめきに包まれている。

円形競技場を沿岸部につくった構造の水上競技場。

中央に引きこまれた海水には競技板が浮かび、階段状の観客席がそれを見おろす。東側は貴人用の観覧台となっていて、崖《がけ》そのものを利用してつくられた〈貝の城〉と空中回廊でつながっている。

シレジア国の新王を決める代理競技当日につき、参列するのは城下でも裕福な商人、専門卿をはじめとする貴族たち。前日祭から参加しているものばかりではないが、遺児側の代騎士団として陣所に入った十五名は、顔見せをしたものたちと別人のように見えるのだ。

戦闘競技会は基本的に、頭の先から靴先《くつさき》まで硬化銀《ウルリル》製の防具をまといおこなうものだ。遠望鏡《えんぼうきょう》で観察したとて、目元や鼻筋くらいしかわからない。それでも圧巻の巨体を誇る三名の騎士や短弓《たんきゅう》を持った小柄な騎士など、親善競技に出た他国の国家騎士団員のようなものもいる。

また王兄側の代騎士団として陣所に入った十五名は、シレジア国騎士団の復帰者という前評判とはまったくちがった。まとめ役らしい長身の騎士をふくめて、武器は全員が曲刀。大舞台への緊張を感じさせない悠然《ゆうぜん》たる挙止《きょし》は、水中の魚を狙うまえの海鳥のようにも見えた。

観覧台では立会人として、キントハイト国の特使代表が中央に位置する。そのまえの台座には水宝玉が輝く王冠が安置されている。両脇には遺児マルセルの名代である女宰相パウラと、王兄マクシミリアンの名代である老軍務卿が、己の命運をかけた戦いを見守っている。

陣所に集まった両騎士団は審判部役のキントハイト国騎士団員により、装備品の検品を受けた。本来であれば会場に来るまえにおこなうはずが、時間がおしていたことで、装着した状態での確認となった。

リヒトはニナの背負った矢筒《やづつ》に、調べ終わった矢を入れていく。

いつもすみません、と、ニナは肩越しにリヒトを振りあおいだ。

慣れれば一人でもできる競技前の作業を、リヒトは必ず手ずからおこなう。ニナの兜《かぶと》の頬当て部分を優しくなでて、いいのいいの、とリヒトは言った。

「これは、〈盾〉としての儀式だから。矢を入れながら、お祈りするの」

「お祈り？　なにをですか？」

「そりゃあもちろん、ニナが無事であるように、破石《はせき》できますように、勝利できるように……って。それと、ニナがおれに笑いかけてくれますように、ずっと好きでいてもらえるように、末永くいっしょに――」

トフェルが、凧型盾《たこがたたて》の先端でリヒトを突いた。

「真面目《まじめ》なのは前半だけだろ。満座の観客のまえで、いちゃいちゃすんな非常識野郎が。そういうのは帰国してからやれよ」

ぐ、と脇腹をおさえて、リヒトはトフェルを睨《にら》みつける。

「いーじゃんちょっとくらい！　昨日も一昨日も邪魔されて、こっちはもう〈補給が必要〉どころか、乾き死にしちゃいそうなんだよ！　もうこうなったら砂時計三十反転に延長してもいいよ永遠に競技会でいいよ〈リヒト〉でいられるなら。木杭《きぐい》が忌々《いまいま》しいなんて言って、ほんと反省。おれ、火の島《イグニス・インスラ》の沿岸部全域に木杭を立ててまわろっかな……」

「……おまえって、やっぱ馬鹿だな」

やっぱってなに、おーじでんかは一過性ってことだよ、だからその間のびした言い方はさ——揉《も》める二人のそばでは、すでに身支度をととのえたロルフが、黒髪を潮風になびかせて競技板を眺めている。

天気は薄曇り。風はやや強い。

細かな波紋が広がる海面には、昨日と同じく、落水にそなえた小舟が待機している。木柵《もくさく》でかこまれた陣所には飲み物や応急手当の道具などのほかに、冬期開催らしく箱形ストーブが、炎を海風に揺らしている。

役職から一同のまとめ役となった、クロッツ国騎士団長レオポルドは、今回も下知《げち》を与える気はないようだった。同国の団員たちは淡々と準備をし、ナルダ国騎士団の三人は無言のまま控えている。代理競技は十五名制で交代騎士はなし。したがって三カ国の騎士団十二名では足りない。貴族所有の私設騎士団から借り受けられた三名は、落ちつかない様子で、競技板の先に見える相手騎士団を見つめている。

周囲を見まわしたニナはいつもの陣所を脳裏《のうり》に描いた。戦術図の置かれていない木卓を眺めてから、己に言い聞かせる。

――ゼンメル団長やヴェルナー副団長はここにいません。ともかくこの十五名で、最善をつくすしかないんです。

競技場や騎士の情報も段取りも、当たり前のように与えてくれていた手は、いまはないから――だったら。

「あ、あの!」

ニナは大きな声をあげた。

おどろいて視線を向けてきた騎士たちを見わたすと、お腹を拳でおさえる。肩でふーっと息を吐くと、思いきって告げた。

「わたしは短弓《たんきゅう》を使います。ですので自分で、自分の身を守ることができません。皆さんの後ろに隠れさせていただくかと思いますが、ど、どうぞよろしくお願いします!」

兜の飾り布を跳ねさせて、ニナはいきおいよく頭をさげる。

呆気《あっけ》にとられているレオポルドに近づくと、立礼をしてから口を開いた。

「レオポルド団長の仰《おっしゃ》るとおりです。誰かに任せきりだと、自主性が育たない。騎士として、年長者の方々に頼りきりだった自分を恥じました。本当に、団長のおかげです」

ほう、とレオポルドは眉《まゆ》をあげた。己の腹ほどの位置にあるニナを見おろすと、おもむろにうなずいた。

「なるほどわたしのおかげか！　小さいわりに見所があると思っていたが、やはり物の道理をわきまえているようだ。うむ。誠心《せいしん》を尊《とうと》ぶ騎士同士、教えを請いたいのならば他国騎士団員であっても、今後の教示を約束しよう」

「あ、ありがとうございます。それでその、臨機応変は素晴らしいのですが、僭越《せんえつ》ながら競技会運びについて提案があります。団長はなんというかその……競技板の中央で戦われた方が、いいのではと」

「競技板の中央？　どういう意味だね？」

怪訝《けげん》そうに問われ、ニナはおずおずと答える。

「団長の剣は華があり、真っ直ぐに突きすすむ勇敢《ゆうかん》さもお持ちです。そんな団長が競技板の端で戦われるのは、すべって落水の危険性……いえその、団長にふさわしいのは、観客の視線が集まる中央付近ではないかと、そ、そのように」

レオポルドは目を見ひらいた。えらの張った顔立ちが、兜の隙間《すきま》からでもわかるほど紅潮する。なんと素晴らしい献策だ、と声をうわずらせ、ニナの肩にがっしと手をおいた。

「承知したぞ〈少年騎士〉よ！　おまえの純粋な尊敬は無にはせん。わたしはふさわしき舞台で輝くとしよう。いやそれにしてもさすがは、戦巧者で名高いゼンメル団長の教えを受けた――」

興奮気味にまくしたてるレオポルドを、トフェルは呆気《あっけ》にとられて見やる。その隣で目をまたたいているリヒトに、トフェルは顔をよせてささやいた。

「おい、いいのかよあれ。……やべえぞ」

「なに言ってんの。さすがにこのくらいで嫉妬《しっと》するわけないじゃん。そもそもあんな正真《しょうしん》正銘《しょうめい》のおっさん、完全に対象外でしょ」

リヒトは余裕然と片手をふった。

トフェルは、そうじゃねえよ、と眉をひそめる。

「小さいのは〈女〉は使えねえが、〈娘〉は使える。あのなりでお願いされたら、娘のいるおっさん連中はまず断れねえ。無意識でさえ、中年組に甘い顔をさせてるんだぜ。意識して使うことを覚えたら性悪《しょうわる》な子兎《こうさぎ》だ。いつか、とんでもねえ大物を釣りあげるぞ」

「性悪なニナもそれはそれで魅惑的……じゃないよねどうしよう！」

リヒトはトフェルの喉元《のどもと》をつかんで、がくがくと揺さぶった。

ニナの発言をきっかけに、レオポルドは周囲の騎士を集めると、序盤の動きについて指示を出しはじめている。出方を探るためになるべく密集陣形で臨《のぞ》むこと。経験と実力に劣る私設騎士団員の三名は無理をせず、自分とともに中央に陣取ること。火の島杯に出場していないナルダ国の三名には、展覧競技で見たエトラ国騎士団長の動きを伝えた。

一対一ではなく、騎士としての集団戦へ。ようやく隊として機能しはじめた一同のなかで、じっと波を見ていたロルフがリヒトに歩みよった。

「おれにはまだ、競技板の動きが読めない。この場では一の騎士としての働きはできないだろう。昨日の親善競技から考えると、トフェルを自由にさせた方が機能する。リヒト、おまえは船上でも問題なく戦えたと妹が言っていたが？」

「…………」

リヒトは答えない。

ロルフはまなざしをきつくする。聞いているのか、なんだその間抜け面《づら》は、と低い声をもらすと、リヒトは妙に感動した顔で言った。

「……やっぱロルフはこうでなくちゃね。〈王子殿下〉だなんてほんと、寒気と鳥肌まみれになっちゃうし。いつもは最悪だけど、むしろ懐かしいっていうか」

「最悪なのは、おまえという厄介者《やっかいもの》に振りまわされる妹を見ねばならぬおれの方だ。妹とおまえが、互いを懐かしいと思える関係性になることを希望する。ともかくおまえはトフェルと動け。妹の〈盾〉はおれがやる」

ロルフは冷然と言いきった。

検品を終えたキントハイト国騎士団員が、片手をふった。

それを見た同国の特使代表が、口上を述べはじめる。代理競技の理由と勝者がシレジア国の新王となること。立会人は国家連合の代わりに、それを保証する役目を受けたこと
——

崖上の王城から花弁と紙吹雪《かみふぶき》が散らされた。

色とりどりの雨と歓声のなか、両騎士団は渡し板をとおって競技部分へと入る。三十名の武装した騎士がのっても、巨大な競技板はびくともしないように見える。けれど実際には揺れているのだろう。厚板を支えている無数の樽《たる》が、ちゃぽりと水音をたてた。

両騎士団が競技板の端に整列する。

まとう軍衣《ぐんい》は同じ水色。

互いを分かつ目印は、太陽の金と海の青。

右肩から斜めにかけられたサッシュには、貝や魚など、シレジアを潤す海の恵みが描かれている。剣帯《けんおび》のあたりでリボン状に結われた信託の証《あかし》が、海風に舞った。

キントハイト国の特使代表が腕を掲《かか》げる。

銅鑼《どら》が打たれ、砂時計が返された。

制限時間は公式競技会と同様に、砂時計三反転の前半と後半。懸けるは冬の太陽に煌《きら》めく王冠。遺児マルセルと王兄マクシミリアンによる代理競技が、ここにはじまった。

「――！」

競技板に、長靴《ちょうか》の立てる音が鳴りわたる。

一気に走りだした両騎士団。足場に気をつけながら、兄ロルフとともに隊列の端をゆくニナの脇を、風がすり抜けた。

――え？

ふり向いたときにはすでに、曲刀が高く振りあげられている。

「！」

冬空を背に跳躍していたのは、破石王たるエトラ国騎士団長。矢筒《やづつ》に手をのばすまもない速攻を受けて、おどろきに目を見ひらいたニナの命石《めいせき》に、剣風が迫る。

「屈め！」

ロルフが怒鳴った。

はっと身を伏せたニナの頭上を、ロルフが放った一撃がはしる。

金属音が弾けた。

ニナへの急襲を大剣にて退けられたエトラ国騎士団長は、背後へと飛ぶ。ぐっと身を沈めると、次の瞬間、しなやかな長身はロルフの横にあった。

――速いです！

「……っ！」

遅れて凧型盾《たこがたたて》を突きだしたロルフの兜《かぶと》を、曲刀がかすめた。

硬化銀《ウルリル》が削《そ》がれる音がひびく。本人が読めないと告げたとおり、水上に浮遊する競技板はやはり、大地と同じようにはいかない。

海に接するエトラ国には地の利がある。まして相手は、昨年の南方地域杯でもっとも命石を奪った破石王だ。それが開始早々にロルフに向かってきたのは、〈隻眼の狼《アイン・ヴォルフ》〉としての勇名が、予想以上に広まっているのかも知れない。

機先を制する乱撃がロルフを襲う。後手にまわり、防戦一方の兄の姿を見たニナは、すかさず短弓に矢をつがえた。

昨日の親善競技の経験から、この状況では自分の力が半減するとわかっている。体幹が未熟で体重もない身体《からだ》は、不安定な競技板ではさだまらない。けれど戦闘競技会の勝敗を決めるのは、残り騎士数の数だ。

破石できなくても失石しなければいい。それはリーリエ国の主力でありながら、攻撃をトフェルに任せ、ニナの〈盾〉をかって出てくれた兄ロルフも同じ気持ちのはずだ。

――それに矢は、射ぬくだけのものじゃありません。

ニナはじりじりと後退するロルフの後ろで弓をかまえる。エトラ国騎士団長は落水を狙っているのか、競技板の端が迫ってくる。水の気配を背後に感じながら、ニナは矢尻をさだめた。

激しく剣戟《けんげき》を交わす大剣と曲刀。

ふ、と調子をずらして刺突《しとつ》してきた剣先を、ロルフがのけぞって避ける。体勢を崩した隙《すき》をついて、返す刀でふたたび襲いかかった破石王の命石を目がけ、ニナは矢羽根を離した。

「！」

エトラ国騎士団長はすぐさま反応する。

ロルフに向けた曲刀の軌跡を瞬時に変えた。弓音とともに走った矢が、中央から断たれて落ちる。エトラ国騎士団長はいきおいのまま宙返りすると、低い姿勢で競技板に着地した。そのあいだに、おされていたロルフは体勢を立てなおす。

弓は大剣のように相手の武器を防ぐことはできないが、軌道を変えさせて味方を守ることはできる。

意図したとおりの弓射に、ニナは安堵《あんど》した。けれど同時に、想像以上の動きを見せたエトラ国騎士団長に感嘆《かんたん》の吐息をもらした。

——曲刀を放った姿勢から一瞬です。展覧競技で見たときも、まるで海鳥のように軽やかな身動きだと思いましたが。

同じ破石王でも、軍衣をまとった獣のごときイザークの俊敏さとはちがっていた。甲冑《かっちゅう》の重さを感じさせぬしなやかさ。華麗《かれい》に舞っていたような展覧競技でのエトラ国騎士団長を思いだし、あらためて相手騎士としての彼を見たニナは、え、という顔をした。

「……？」

間近で目にしたエトラ国騎士団長は、年のころはイザークと同じほど。しかし静かなまなざしと冷たい雰囲気《ふんいき》は、南方地域の太陽のように煌めいていた、テララの丘での姿とは印象がちがう。

——この方……あのときの騎士団長、ですよね……？

戸惑いにニナが瞳を揺らしたとき、エトラ国騎士団長が地を蹴《け》った。うなりをあげて襲いかかった曲刀をおさえる、ロルフの大剣がぎちり、と鳴った。

競技板の中央では、二つの集団戦がおこなわれている。

大きい集団では団長レオポルドを中心に、エトラ国騎士団を迎えうっている。うおお、きえい、と雄叫《おたけ》びをあげて大剣を振るうレオポルドの動きは、派手なだけで中身がない、との噂《うわさ》どおり、火の島杯で上位八カ国の騎士団長にしては鋭さに欠ける。

しかし互いに役割を相談したことで、隊としての連携は機能していた。エトラ国という強敵を相手にしているという心構えから、ナルダ国の三騎士を軸《じく》に守りを固めて、序盤の攻撃をまずはしのぐ。

小さい集団では遺児側の代騎士団に潜入していた騎士たちを、リヒトとトフェルが相手にしている。

二人の剣技は内陸国であるリーリエ国騎士団と思えぬほど、普段どおりだった。シレジア国生まれのリヒトは甲板清掃《せいそう》などで働いた経験から、水上という環境そのものに慣れている。〈ラントフリート〉として十日以上、〈公務に忙殺された不満もあっただろう。解き放たれた大剣はいささか乱暴で、鬱憤《うっぷん》を晴らすように相手騎士を押しこんでいく。

そんな彼と背中合わせで剣を振るうトフェルは二日目にして、水上競技場を完璧《かんぺき》にとらえている。もともと器用な性質も幸いしたのか、競技板の振動に合わせて体重をのせる足を替え、不規則な緩急《かんきゅう》で大剣をくり出す。

場所の優劣がなければ、あとは本来の実力だ。地方競技会で選びぬかれた商船の護衛とはいえ、国家騎士団である彼らの敵ではない。

五名対二名という数の不利を感じさせず、二人は優位に競技をすすめた。やがて砂時計一反転が過ぎたころ、リヒトの猛攻に片膝をついた騎士の命石《めいせき》を、トフェルが鮮やかに一閃《いっせん》した。

「――！」

角笛が鳴りひびく。青、一名退場、との声が飛んだ。

――トフェルさん！

兄とともにエトラ国騎士団長と対峙《たいじ》しながら、ニナは目を輝かせた。普段は悪戯妖精《ニュンフェ》でも、肝心《かんじん》なときに役に立つ騎士だと評したのは団長ゼンメルだったか。昨日につづいての破石は、味方隊のなかではいちばんの戦績だ。

歓声が競技場を押しつつむ。代理競技を観戦するものの多くは、王都ギスバッハの富裕層だ。したがって現在の施政《しせい》がつづくことを願い、遺児マルセルの勝利を望んでいる。

拍手を受けた遺児側の代騎士団に安堵の空気が流れた。王兄側の謀略《ぼうりゃく》で本来の代騎士団を奪われ、あらわれたのは南方地域の破石王を有するエトラ国騎士団。予想以上に互角の戦いができたことに、自然と意気があがる。

先に破石して、このまま優位に運べるかと思ったとき、相手騎士団が動いた。

「――――！」

中央付近の攻防が一気に激しくなる。通常の競技場ならば土煙があがったろう、無数の剣戟《けんげき》が火花を散らすなかで陣形が崩れた。隊列から飛びだした私設騎士団員の腹に、待ちかまえてていたような曲刀が入る。

大きな打撃音が鳴り、吹き飛ばされた身体が転がる。味方騎士が駆けより、すんでのところで追撃の曲刀を防いだ。金属音が飛ぶ。こんどは背中を打たれたクロッツ国騎士団員が膝をついた。

背後からくだされた曲刀を、急行した団長レオポルドが大剣の一閃で弾きかえす。させるか、と大剣を振りまわして相手騎士を退けた彼の後ろでは、別の味方騎士が二人の騎士に襲われている。凧型盾と大剣を駆使して堪えきると、救援に来た味方と合流した。

水色の軍衣《ぐんい》に青と金のサッシュがひるがえる。

敵味方の区別さえ難しいほどの乱戦ながら、味方はどうにか破石をまぬがれている。ひとまず安堵するニナだが、激しい身動きのわりには淡々とくり出される曲刀に、やがて奇妙な違和感を覚えた。

——気のせいでしょうか……先に失石したのに、破石を急ぐ様子が見えないような。

ロルフの後方で短弓《たんきゅう》をかまえるニナは、中央付近を見て訝《いぶか》しげな顔をする。

注意がそがれたのは一瞬だった。

湾曲した曲刀を鞭《むち》のように閃《ひらめ》かせていたエトラ国騎士団長が、唐突《とうとつ》に倒れこんだ。曲刀の剣先を競技板に突き刺す。それを支えに前方へと宙返りすると、対峙していたロルフを飛びこえて、振りあげた曲刀をニナの命石へとしならせた。

「！」

反応するまもない急襲に、ニナが大きく目を見ひらいたとき、ずん、と競技板がうねった。

「きゃ⁉」

振動に足をとられたニナの兜を、曲刀が斜めに掠《かす》め斬った。

もんどり打って転がったニナの前に、危機を察したロルフが飛びこんでくる。大きな凧型盾でニナを隠すと、すでに放たれていた曲刀を大剣で受けとめた。

急いで身を起こしたニナは周囲を見まわした。

いまの振動はなにごとかと動いた視線が、少し先に屈んでいるナルダ国の三騎士を見つける。圧巻の巨体を誇る彼らは、全員が跳躍したあとのように丸く屈みこんでいる。

競技板が大きくうねったのは、彼らがいちどに飛んだせいだったのだろうか。ともかくは助かったと安堵したニナだが、相手騎士団の猛攻はつづいている。ここはリヒトとトフェルのみに攻撃を託して、残りのものは防御に徹した方がいいかも知れない。

そう考えて競技場を見わたしたニナの目が、南側で剣戟を交わすリヒトのもとでとまった。

──リヒトさん？

先ほどまで果敢《かかん》に大剣を振るっていたリヒトの動きが、どうにも様子がおかしい。対峙しているのは中背《ちゆうぜい》の──ニナを人さらいから助けてくれた青年騎士。ニナの意思が弓なら、リヒトの心は剣だ。体格と実力で勝る相手に向き合いながら、剣筋には奇妙な迷いがある。

踏みこめるところで入らず、押し崩せる体勢なのにためらいを見せる。相性が悪いのならば、トフェルと入れかわる方がいい。けれどリヒトは固執したように、青年騎士に対して剣を向けていく。

──リヒトさん……いったいなにが。

ニナが怪訝《けげん》そうな視線を向けたとき、青年騎士が口元をおおった。こほ、と咳《せ》きこんだ身体を、リヒトの大剣が襲う。

「！」

腹部を打たれて転がった青年騎士の身体を、リヒトが長靴《ちょうか》で押さえこんだ。リヒトは防御に特化した騎士で、命石のように小さな的《まと》を狙うのは不得手《ふえて》だ。それを自覚しているからこそ、動きを封じて破石しようと考えたのだろう。

高々と掲《かか》げられたリヒトの大剣が、仰向《あおむ》けに横たわる青年騎士の命石に振りおろされた。誰もが取れたと思うような軌跡だったが、その切っ先は命石に触れるまえに動きを止める。大きくむせ込む青年の顔を、リヒトはどこかぼんやりと見やる。

「なにやってんだリヒト！　時間がねえ、さっさと仕留めろ！」

背後のトフェルが怒鳴った。

は、と肩を跳ねさせたリヒトが大剣を持ちなおしたとき、前半終了の銅鑼《どら》が鳴った。海が凪《な》ぐように剣戟が止む。審判部役が残り騎士数をかぞえ、観客の拍手のなか騎士たちは陣所へと戻っていく。

すんでのところで破石の機会を逃したリヒトは、大きく息を吐いた。腹部をおさえられている青年騎士が、放せ、というように、リヒトの足を軽くたたく。

「──……」

リヒトは踏みつけていた腹から長靴をどけた。

こほ、と咳をもらして、青年騎士は身を起こす。そのまま立ち去る後ろ姿を、リヒトはじっと見送った。

◇◇◇

「どうですか、兄さま?」

左手首を動かす兄を、ニナは不安な気持ちで見あげた。

〈盾〉としての役割を果たすために、前半のほとんどを防御に徹していた。凧型盾《たこがたたて》の持ち手にとおす左手首は、火の島杯で骨折した箇所《かしょ》だ。ようやく筋力が戻った状態で荒波のような乱撃を受けたのだが、ロルフは幸い、問題ない、と答えた。

ほっとするニナの兜《かぶと》を見おろして、逆にたずねる。

「おまえの方は平気か? 曲刀は湾曲しているぶん、大剣よりも速く振りぬけるようだ。エトラ国騎士団長の速度なら鋼《はがね》にまさる硬化銀とて、下手《へた》をすれば亀裂が入る」

「浅く入っただけなので大丈夫です。あの、〈盾〉をやっていただいて、ありがとうございました」

「団員同士で礼は不要だ。後半も、失石を防ぐことのみを優先する。ただエトラ国騎士団長は、おそらくすべてを出していない。ふたたびおれたちのところに来るかは不明だが、状況によっては途中で、受けもつ相手の交代が必要になるかも知れぬ」

はい、と立礼したニナに、ロルフはうなずく。

ストーブに手をかざしているトフェルのもとへと向かった。現時点で攻撃の中心となっているのはトフェルだ。その能力を最大限に機能させるために、後半の競技会運びを相談するのだろう。

陣所に戻った代騎士団はあいだの休憩となった。

身体《からだ》が冷えないようにと外套《がいとう》をはおり、水分をとって、林檎《りんご》のように甘いクイッテンを食べた。負傷したものは応急処置をして、後半にそなえて装備品を確認する。

残り騎士数は遺児側が十五名に対して、王兄側は十四名。僅差《きんさ》ながら優勢の状況は、相手に南方地域の破石王がいることを考えれば大健闘といえた。まとめ役である、クロッツ国騎士団長レオポルドの意気は天に届きそうにあがっている。

やはりわたしは衆目《しゅうもく》を浴びてこそ輝ける、エトラ国騎士団も存外にたいしたことはない、そもそも破石王など名ばかりの傲慢《ごうまん》な輩《やから》で――などと言いながら腕を組んで胸を張る。はあ、と周囲をうかがうクロッツ国騎士団員の視線は、通路に立つキントハイト国騎士団員に向けられている。審判部役の団員はむっつりと無言で、角笛を手にたたずんでいる。

──よかったです。ともかくは、前半をのり切りました。

ニナは兜の留具を外した。

借り物の兜は厚布で大きさを合わせている。曲刀がかすった衝撃でずれた布を直すと、兜の側面に薄く刻まれた剣筋に指先が触れた。ニナは硬化銀の防具に傷をつける剣風を放った、エトラ国騎士団長を脳裏《のうり》に描いた。

背格好や騎士としての存在感はそのままなのに、本当に同じ人物かと思うほどに火の島杯とは様子がちがった。南方地域の太陽を思わせた華やかさから一転、暗い表情で淡々と曲刀を振るっていた。

エトラ国は負傷者が続出した火の島杯と国家連合の対応に不満をもち、棄権《きけん》という形で戦闘競技会に背を向けた。彼《か》の国が王兄側の代騎士団となった理由は知らないけれど、騎士の誠心《せいしん》を体現すべき破石王が、だまし討《う》ちに近い謀略《ぼうりやく》に加担したのは事実だ。

火の島杯の災禍《さいか》から漠然《ばくぜん》と、なにかが変わったように感じていた。表面的には同じに見えるのに、火の島そのものが、戻れない別の道筋に入ったような気がしていて──

ニナは競技板を挟んだ南の陣所を見やった。

前半戦を終えた競技板には命石《めいせき》の破片や水しぶきが散っている。冬の太陽をあびて乱反射する煌《きら》めきに、眩《まぶ》しげに目を細めると、木柵《もくさく》のまえで輝く金髪が視界に入った。

リヒトはニナと同じく、相手側の陣所を眺めている。

果実水《かじつすい》の革袋を持ったまま、ぼんやりとしている横顔に、ニナは前半終了間際のリヒトの姿を思いだした。様子がちがったといえばリヒトもまた、途中から調子が変わったように見えた。水上に慣れているとはいえ、〈リヒト〉として競技するのも久しぶりだし、この競技場で大剣を振るうのは初めてのはずだ。

ニナはリヒトのもとへ歩みよった。どうかされましたか、ご体調でも、とたずねると、リヒトは、あ、という顔でニナを見おろした。

ふわりと笑いかける。外套が、潮の匂《にお》いの風に流れた。

「心配してくれてありがと。べつに調子が悪いとかじゃないよ。なにしろ風邪《かぜ》を引かない特異体質らしいからね。ただちょっと、対戦していて、あれって思ったから」

「対戦……あ、あの先ほどの、わたしが城下で会った？」

「うん。似てるなーって思って、つい意識がそっちにいっちゃって。……シレジア国にいたころ、酒場でいっしょに住んでた仲間と？」

「――……！」

その返答に、ニナは息をのむ。

え、それって、と声をうわずらせた。木柵に両手をついて南側の陣所を見やる。動揺《どうよう》もあらわなニナの姿に、ああ待って、早まらないで、とリヒトは首を横にふった。

「確証があるわけじゃないよ。もう何年も……十二、三年まえに別れたきりだし。子供が大人になるにはじゅうぶんっていうか、人によってはすごい変わるから。おれ自身も、頭三つ分は背がのびてるしさ」

「あ、は、はい」

「兜をかぶってたら顔立ちまではわからないし、昨日はとくに感じなかった。……ただ間近で見たら目元に面影《おもかげ》があるなって。それに剣を交えたら、なんか感じに覚えがあったから。騎士ごっこ程度の子供のころでもさ、傾向ってあるじゃない。受け流すときの力加減とか、踏みこむ時機とか」

「そうですね……それはたしかに」

優れた騎士を輩出する村に生まれたニナは、幼少時より多くの騎士に触れてきた。リヒトの指摘どおり、棍棒《こんぼう》で打ち合いをする子供の時分から、それぞれに性質はあらわれていた。

騎士の傾向は、成長して変化する外見とちがって不変的だ。たとえば村娘仲間のカミラが、全身を隠す競技会用装備で戦っていても、ニナはきっと見分けることができる。

リヒトは、まえにも話したけど、と断ってからつづけた。

「おれが住んでた酒場は、おれがリーリエ国に行った年の冬に野盗《やとう》の襲撃を受けた。調べてくれたナルダ国のオラニフ……陛下によると犯人は街から逃げて、仲間は離散したらしいけど、灯台岬《とうだいみさき》あたりは冬の寒さが厳しいんだ。身寄りのない幼い子供が生き抜いてる可能性は低い。諦めてはいて……でも後悔《こうかい》が大きいから、未練だよね。覚えのある感じだったから、あれ、ちょっと待って……って、動揺しちゃって」

まあおれの攻撃は微妙だから、あの距離でも、命石を奪えたかは五分五分だけどさ、と、リヒトは情けない顔をする。

——あの方が、リヒトさんの昔の……。

ニナはあらためて、城下で会った青年の姿を思いうかべた。

助けてもらったからか、妙に親近感を覚えた青年。焦茶の髪に中背《ちゅうぜい》の痩《や》せた体躯《たいく》で、胸が悪いのか乾いた咳をしていた。はしっこそうな顔立ちは街で普通に見かけるような雰囲《ふんい》気《き》で、右頬《みぎほお》に薄い火傷《やけど》痕があった。

——お、いい足だね。

引ったくりの少年に向けたまなざしと言葉は、街の子供に対応したリヒトの姿を、なぜか連想させたけれど。

ニナは自分の知るかぎりの青年の特徴を、リヒトに伝える。火傷については考えこむ素振りを見せたリヒトは、咳については首をひねった。とくに持病はなかったらしい。そして髪色を聞くと、焦茶か、と空を見あげた。

「……焦茶なら別人だ。そいつね、お金がないときに売ってたくらい珍しい髪色でさ。赤と金が混じったような夕焼け色。……まあ冷静に考えたらそいつが、こんな姑息《こそく》な計画に加担するわけないし。おれなんかよりずっと〈騎士〉の、仲間思いの兄貴分だったからね」

優しい声で告げて、リヒトは小さく息を吐いた。

先走っていた自分を恥じるように、汗で汚れた鼻先をかく。

「そもそも死んだと思ってた友人との再会が、こんな敵味方の状況なんて……いや、それでも生きてる方が嬉しいか。謝りたいことばっかりだけど、どんな形でも会えれば本当に嬉しい。それにおれ、そいつにかぎらず相手騎士団に誰が入ってても関係ないから。今回だけはぜったいに、勝ちたいって思ってるし」

「ぜったいに……勝ちたい」

強い言葉を受けて、ニナはリヒトを見つめる。

リヒトは、うん、とうなずいた。朗《ほが》らかな口調で表情もいつもどおりで、深刻さはどこにもない。けれど新緑色の目には、確信を得た不思議な力があった。

リヒトは観覧台の方を向いた。

警兵に守られて台座に安置されている王冠は、己をめぐって争う騎士たちをどう思っているのだろう。真珠《しんじゅ》にかこまれた中央の水宝玉は、冬の陽光に冷たく輝いている。

「控室で女宰相から話を聞いて、おれほんと、このまま王兄が勝ってエトラ国がシレジア国に介入したら、西方地域の安寧《あんねい》が危なくなるかもって思った。〈ラントフリート〉の公務は苦手だし、政治も通商も難しくてよくわからない。でもおれ、騎士だから。……ちゃんと騎士に、なりたいからさ」

「なりたいって、あの、リヒトさんは騎士です、けど」

「……うん。ニナはおれに点が甘いし、嬉しいけど、でもちがうの。……失敗や後悔に、許してもらえるくらい立派な騎士。王冠なんて無駄に豪華な被《かぶ》り物にしか思えないけど、シレジア国の平和がかかってるなら欲しいんだ。〈ラントフリート〉の使い方で、平穏な日常と、困ってる子供にお腹いっぱいの暖かい冬。最高の騎士の〈報酬〉も、約束してもらえたしね？」

悪戯《いたずら》っぽく首をかしげたリヒトを、ニナはじっと見あげる。

自分を否定する傾向のあったリヒトが、少しずつ変わっていく姿を見ていた。決して平坦ではなく、悩んで立ち止まって、膝を抱えていたときもあった。最初は喜ばしく思い、けれど眩《まぶ》しい変化に、置いていかれたような気持ちを感じたこともあったけれど――

ニナは嬉しさに目を細めた。やっぱり、いまのリヒトさんは素敵です、と微笑《ほほえ》む。

リヒトは、だとしたらぜんぶ、ニナのおかげだね、と苦笑した。

え、という顔をしたニナの右手をすくいとると、弓弦《ゆんづる》を引きしぼる指先に、兜《かぶと》の口元をそっとあてる。

「おれがこういう〈おれ〉になったのは、みんなニナの影響なんだから。国旗も王冠もただの〈もの〉じゃないって、教えてくれたでしょ？」

「リヒトさん……」

「それにおれの原動力は、ニナとの幸せな将来だからね。そのためだったらお世辞《せじ》も言うし作り笑いもするし、西方地域どころか火の島の平和だって任せて……も、まあそれなりに。にしても競技場のニナは格別だよね。正真正銘《しょうしんしょうめい》のおっさんを手玉にとって、おかげで隊がうまくまわったけど、でも心配。おれ、自分以外のすべての奴らを要注意対象にしないと、夜も眠れな――」

「だから非常識行動はやめろって言ってんだろ。砂時計三反転で忘れるんじゃねーよ、この鳥頭が」

ニナを覗《のぞ》きこんでいたリヒトの頭が殴《なぐ》られる。

つばが長く、横から見ると鳥に似た形状の兜がずれた。あいだの休憩なんだから恋人を

〈補給〉するのは当然でしょ、と声をあげたリヒトを無視して、トフェルは観客席の方に目を向ける。

厚手の防寒具に身をつつんだ列席者のあいだには、ところどころに制帽が見てとれる。昨日の少年の一件があったからと、そして勝利のために狡猾《こうかつ》な手段を弄《ろう》した、王兄マクシミリアン公を警戒しているのだろうか。観客席の階段や通路には、百人をこえる警兵が散らばり、周囲を見張っている。

「観客どころか、警兵にまで見られてるじゃねーか。国境の森でも昨日の前日祭でも騒ぎを起こして、ただでさえ目をつけられてんだ。事細かに報告書であげられて妙な噂《うわさ》になって、マルモアのお姫さまの耳にでも入ったら面倒だぞ」

副警兵長の遠望鏡《えんぼうきょう》が陣所をとらえているのを確認して、トフェルは眉《まゆ》をひそめる。

リヒトが視線をやると、観客席の中央にいる副警兵長はすっと遠望鏡をずらした。何事もなかったように競技板を観察する姿を見やり、はいはい、とリヒトが肩をすくめたとき、レオポルドが招集の声をかけた。

雄々《おお》しい勝利は我らのもとに、シレジア国の平和と祖国の名誉のため、さあいこうか諸君――力強く宣言したレオポルドの姿に、リヒトとニナは顔を見あわせる。

どちらともなく、にぎった拳を触れさせてうなずいた。後半の競技会運びを確認しながら、渡し板の方へと移動していく。

凧型盾《たこがたたて》に腕をとおしたリヒトの後ろ姿を、観客席の副警兵長が遠望鏡で追った。

「…………」

乾いた目に探るような光が宿る。

そして副警兵長はその遠望鏡を、ちょうど競技場に降りたった、軽く咳《せ》きこんだ青年騎士へと向けた。

◇◇◇

散らされた花弁が波間を埋めつくす。

野が枯れる冬期にこれだけの花を集めるのは、決して安価ではなかったろう。それでも国家をあげての催事を飾るべく、花の海のごとき水面に浮かぶ競技板に、ふたたび、金と青のサッシュを託された代騎士団が整列する。

残り騎士数は遺児側の十五名に対して、王兄側は十四名。

僅差《きんさ》ながら遺児側の優勢に、観客の興奮は高まっている。このまま競技がすすめば、ほんの砂時計三反転後には遺児マルセルの小さな頭に王冠が与えられる。王兄マクシミリアン公の報復への憂慮《ゆうりょ》は消えて、いままでの日常が保証されるのだ。

キントハイト国の特使代表が片手をあげた。

銅鑼《どら》が打たれて砂時計が返される。代理競技の後半戦。砂時計三反転の勝負がはじまった。

「――！」

両騎士団がいっせいに走りだす。

前半では出方を探りあうような展開のなか、終盤近くの王兄側の猛攻を遺児側がしのぎ、無失石のまま休憩を迎えた。わずかに優勢な遺児側が攻勢に出るか――そう考えていた観客の目の前で、動いたのは青いサッシュをひるがえした王兄側の代騎士団だった。

――え？

競技板全体に散った相手騎士団に、ニナは目を丸くする。

散開した相手騎士は身がまえた味方騎士のあいだをすり抜けて、競技板を縦横に駆けていく。水色の軍衣《ぐんい》と青いサッシュが、渦巻《うずま》く波のように流れた。攻撃することもなく傍《かたわ》らを走りぬけた相手に、団長レオポルドが、な、なんだ、とあわてた声をあげる。

意図が読めず、動揺《どうよう》に味方が足を止めたとき、太陽がふとかげった。

「――！」

空を見あげたニナは驚愕《きょうがく》に息をのむ。

十四名の相手騎士すべてが空中にいた。

跳躍の時機から曲刀を振りあげる動作までまったく同時。攻撃体勢のまま、味方騎士の一人をかこむ形で落下した。長靴《ちょうか》の鳴る音がひびき競技板が揺れる。粉砕《ふんさい》された赤い命石《めいせき》とともに、頭部に強撃を受けた騎士が吹き飛ぶ。

激しく横転した身体《からだ》は、そのまま落水した。水しぶきが大きくあがり角笛が鳴る。

金、一名退場、との声が放たれた。

悲鳴ともおどろきともつかぬ歓声のなか、ニナは呆気《あっけ》にとられて相手騎士団を見やった。

——いま……いまのは。

なにが起こったのか判断するまもなく、エトラ国騎士団長に率《ひき》いられた相手騎士が走りだす。視線を翻弄《ほんろう》するように競技板を蛇行《だこう》すると、ざ、とふたたび宙へと飛んだ。

軍衣のひるがえる音が海風になびく帆のように聞こえ、剣風が煌《きら》めき味方騎士が跳ねあげられる。

命石を失った兜が競技板に転がった。金、一名退場、と宣言する声と角笛の音。

「なんだよいまのは……まるで海鳥が水中の魚を捕食するみてえだ。弱い魚から順番に、腹のなかにおさめようってか」

啞然《あぜん》とこぼしたトフェルに、険しい顔をしていたロルフが、は、と肩を揺らした。

打たれたのは私設騎士団員三名のうちの二名。国家騎士団員である十二名と比べれば、もちろん経験も実力も劣っている。すでに競技板を走りだしている相手騎士を睨《にら》みつけて、ロルフは言った。

「奴らは、与《くみ》しやすい騎士から順番に破石するつもりだ。素早い移動で攪乱《かくらん》し、いっせいに飛んで襲いかかる。上空から降下して包囲されれば、逃げようがない」

「まるでじゃなくてマジで海鳥か！　与しやすい騎士……だったら、次はあいつか」

トフェルは数十歩先にいる私設騎士団員を見た。翻弄された隊列は総崩れで、周囲に味方の姿はない。小魚をはぐれさせて捕食するように、一人になったところを襲撃するのだろう。

こっち、早くこっちに来て、と、リヒトが声を張りあげた。走路を確保するために、あいだに立ちはだかる相手騎士に攻撃をしかけるが、意図を読まれて受け流される。

ニナは前半の終盤で見せた、相手騎士団の猛攻を思いだした。あれほどの強襲を仕掛けながら、違和感を覚えるほど決定打を欠いていた。そして初対戦の騎士もいるこちらの傾向を、いまは完全に読み切って情報共有している。休憩のときは、なんとか凌《しの》げたと思っていたけれど――

——あれはもしかして、わたしたちの状況を見定めるための……後半で確実に狩るための、準備だったのですか。

「——！」

競技板が大きく鳴った。

高々と跳躍した相手騎士たちが、私設騎士団員を隠すように降りたった。壁となった彼らの後方で剣戟《けんげき》が飛び、すくい斬られた私設騎士団員が競技板から落下した。

冬空にひびく角笛の音は、時間をおかずにもう一つ。

水中の魚を咥《くわ》えるなり上空へと飛翔する海鳥のごとく、落水を見るまえに走りだした相手騎士団が飛んだ。近くにいたクロッツ国騎士団員の命石を、曲刀の一閃《いっせん》で粉砕する。それでも彼らの動きは止まらない。横一列からぐん、と高波のように飛びあがる。あるいは散らばった位置から、ばらばらに飛んで惑わせる。クロッツ国騎士団員が二名、水しぶきをあげて水中へと消えた。

後半が開始され、砂時計一反転を待たずに六名の味方が落とされた。この時点で残り騎士数は、遺児側が九名に対して王兄側は十四名。

——これが……これが南方地域の破石王の……エトラ国騎士団……。

ニナは短弓《たんきゅう》をぎゅっと抱えこんだ。

為す術《すべ》もなく優劣をひっくり返されて、呆然《ぼうぜん》とするしかない。

そんな妹のそばで、ロルフはぎり、と奥歯を噛《か》んだ。陸上でこそ狼の俊敏性を誇る一の騎士も、慣れぬ水上にあっては、自在に滑空する海鳥を捕らえるのは至難《しなん》の業《わざ》だ。

ロルフは競技板を見わたした。どうやらこちらの個々の実力にくわえて、行動傾向や連携相手まで見切られている。離散させられた味方のなかで、次の標的を急いで探した。

ロルフは、なんだ、なんなのだいったい、と狼狽《うろた》えている団長レオポルドに駆けよった。相手騎士団の意図を伝え、自分から離れないようにと伝えると、レオポルドは、あいわかった、とうなずいた。

「弱い騎士から狙い撃ちにするとは、誠心《せいしん》の欠片《かけら》もない姑息《こそく》な輩《やから》だな。しかし問題ないぞ〈隻眼の狼〉よ。我が騎士団員を守るのは、団長たるこのわたしの役目だ！」

言い放つなり走りだす。四名いた自国団員の最後の一人のもとへと向かうレオポルドに、トフェルが唖然と首を横にふった。

「いやおっさんそうじゃねえって！　危ないのはあんた……ああもう、人の話を聞けよ！」

あわてて追ったトフェルの頭上で水色の軍衣がひるがえる。曲刀の一閃が、潮風を裂いて襲いかかった。

「――！」

エトラ国騎士団長の青いサッシュが舞う。

硬化銀をも刻む速さの強撃を受けて、レオポルドの身体は駒《こま》のように回転しながら吹き飛んだ。

手から投げだされた大剣がトフェルを襲う。瞬時に飛びのいたトフェルだが、退避した場所にレオポルドが突っこんできた。

二度目は、避けられなかった。

「トフェルさん！」

悲鳴をあげたニナの目の前で、トフェルの身体はレオポルドに巻きこまれる形で競技板から落ちた。急いで端に駆けよると、ぶくぶくと沈んでいくレオポルドが見える。そして偶然そこに落ちたのだろう。救助用の小舟の上に、マジか、嘘だろ、と、呆然と座りこむトフェルの姿があった。

角笛が立てつづけに鳴る。金、三名退場、との声があがった。いつのまにかクロッツ国騎士団の最後の一人まで、エトラ国騎士団長の曲刀で命石を割られていた。

遺児側の連続した失石に、観客席にはざわめきが走っている。ニナはごくりと唾《つば》をのんだ。前半に破石したトフェルは味方騎士団の主力だった。その彼を思わぬ形で失って、騎士を一人ずつ狩られていったら――

「ニナ、後ろ！」

リヒトの声が飛ぶ。はっと振りむくと、競技板に散らばる相手騎士がニナを見ていた。いくつもの視線をそそがれて、ニナの背筋を戦慄が駆けあがる。

──次は……わたし……。

悟った次の瞬間には、跳躍した騎士たちの身体が太陽をさえぎっている。

「！」

だん、と競技板を打った長靴の音。

反射的に身を屈めたニナの耳に、木樽《きだる》にぶつかる波音が聞こえる。競技板の角はすぐそこだ。退路がないことを知ったニナは、背中の矢筒《やづつ》に手をのばす。己に迫る相手騎士たちを見やれば、城下で会った青年騎士が曲刀を斜めにさげていた。

「──……！」

接近戦において一瞬の遅れは勝敗をわける。動揺したニナが矢尻をさだめるより早く、いくつもの曲刀が風を放っていた。兜《かぶと》への衝撃を覚悟したニナの視界に、上空を飛ぶ巨大な影が飛びこんくる。

「──！」

ニナの命石に下された曲刀を、大きな凧型盾《たこがたたて》が防いだ。つづいてどん、どん、と、やはり大きな長靴が競技板を軋《きし》ませた。

「あ、あなた方は……」

破石の危機を救ったのはナルダ国の三騎士だった。

巨人のごとき体軀《たいく》を躍動させ、ニナを包囲する集団の隙間《すきま》から飛びこんできた彼らは、そのまま大剣を振るった。小さなニナの身体を完全に隠すように位置どると、文字通りの〈盾〉として相手騎士と斬り結ぶ。

周囲で放たれる剣戟の音を耳に、ニナは戸惑いに瞳を揺らした。前半ではやはり危ないところを、彼らが起こした振動で転倒して助かった。親善競技では落水しかけた場面で助けられて、〈騎士〉として扱われていないと恥じたけれど、落矢を拾って届けてくれたとリヒトから聞いた。

行動の意図がいまいち読めない。身体の大きな騎士は無口な人が多いのか、ナルダ国特使の言葉にもうなずくか首を横にふるかで、いまだに声を聞いたこともない。

ニナの目に、リヒトたちを足止めしているエトラ国騎士団長が、仲間に指示を出す姿が見えた。曲刀を振るっていた騎士たちが後退し、仕切りなおすように走りだす。余所事《よそごと》はあとです、と、ニナは思案をめぐらせる。

相手騎士は十名で、こちらは四名。競技板の隅に追いつめられた形で、同時に襲われたら対処は困難だ。ナルダ国騎士団は大柄なわりに速いけれど、相手はそれをうわまわる。また粉砕《ふんさい》することに長《た》けた重い大剣と、小回りのきく曲刀では、乱戦での取りまわしに優劣が生じる。踏みこまれたら負けだ──そこまで考えて、は、と思いつく。

ニナは、あの、とナルダ国騎士団員の腕をつかんだ。自分の太股《ふともも》よりも太い腕を引っ張って、それでも上の位置にある耳元に告げる。

「相手がいくら素早くても、矢の方が速いです。上空に飛んだところを弓射して、連携を壊します。体勢を崩して落下したところを、お願いできますか?」

ナルダ国騎士団員はニナを見おろした。

大きくうなずく。残りの二人が応じるように身がまえたとき、上空に水色の軍衣《ぐんい》がひるがえった。

「来ます!」

曲刀を閃《ひらめ》かせて飛んだのは十名の相手騎士たち。ニナは矢羽根をつかみ取ると、上空に向けて立てつづけに弓射した。

弓弦《ゆんづる》が弾けて数本の矢が空へと走る。

その矢尻に命石を狙う精度はない。けれど唐突《とうとつ》な急襲を受けた騎士たちは、咄嗟《とっさ》に回避行動をとる。海鳥の群れのような密集状態での下降だった。曲刀や盾が接触した何名かが体勢を崩し、そのまま落ちたところに、ナルダ国騎士団員の大剣が襲いかかる。

「！」

長大な大剣は二名の騎士を空中で捕捉すると、力任せに水面へと運び飛ばした。

別の騎士の大剣は足から相手騎士を跳ねあげて、二度目の強打で競技板から叩き落とす。

ごう、と風をはらんで振るわれた大剣が小気味いい金属音を放った。強打された相手は宙を舞うと、水面も通路も高々とこえて、観客席の階段まで飛ばされる。

角笛が連続して鳴りひびいた。

わっとあがった歓声のなか、ナルダ国の三騎士とニナは競技板の角を逃れた。足止めを振りきってきたロルフやリヒトと、ようやく合流する。

この時点で、王兄側の残り騎士数十名に対して遺児側は六名。

思わぬ反撃を受けた王兄側だが、集団戦で九名を退場させることに成功した。エトラ国騎士団長は冷静に次の指示を出す。ニナを中心に円陣を組んだ六名を取りかこんだ。押せば引いて引けば押す、波のような攻撃で押しつつむ。

確実な勝利のために、有利なままで砂時計が尽きるのを待つつもりか。砂時計はまもなく最後の一反転になろうとしている。小舟から陣所に戻ったトフェルが、なんとかしろ、時間がねえぞ、と怒鳴った。

相手騎士と大剣を交わしながら、ロルフはエトラ国騎士団長を睨《にら》みつけた。自身も曲刀を閃かせながら、油断なく味方に指示を与えている。敵ながら揺るぎない競技会運びには、感嘆《かんたん》の吐息をもらすしかない。砂時計六反転をじゅうぶんに使い、着実に勝利へと近づいている。

それでも無為に終わるわけにはいかない。ロルフは対峙《たいじ》した騎士の腹を蹴《け》り飛ばすと、隣で大剣を振るうリヒトに近づいた。

「守っていても勝機はない。かといって迂闊《うかつ》に動き、これ以上の破石を許せば逆転は不可能になる」

「いつもながらの危機だね。どうする？」

距離をつめてきた騎士を爪型盾で殴《なぐ》りつけ、リヒトがたずねる。

「相手の核は破石王である騎士団長だ。前半でこちらの総合力を見切り、策を組み立てて後半で実践《じっせん》した。あのものの采配《さいはい》で集団が機能している。ゆえに頭である奴を引き離し、そのあいだに手足である騎士を落とす」

ロルフは砂時計を手にしている審判部役を見やった。遺児側の敗色が濃厚となり、観客席は重苦しい雰囲気《ふんいき》に包まれている。

「波に左右される競技板にも多少は慣れた。騎士団長以外ならば勝負になる。おれはナルダ国騎士団と四人で、九人の相手を引き受ける。最後の一反転で、可能なかぎり命石《めいせき》を落とす。おまえはニナを連れていけ。騎士団長を足止めしろ」

「連れていかれるのはおれの方でしょ？　命じられなくても頼まれなくても、地の果てまで喜んでついてっちゃう」

いい笑顔を浮かべたリヒトに、ロルフは平然とつづける。

「そのとおりだな。鼻の下を無様にのばしてついていけ。リーリエ国の〈盾〉と〈弓〉の本領を見せるがいい」

了解、と答えたリヒトに、背後のニナがうなずく。ナルダ国の三騎士は声の代わりに、大剣と盾を合わせてそれに応じた。

朝には薄雲が広がっていた空は、いまは晴れ渡っている。

崖上《がけうえ》から飛びたった海鳥が、上空を悠然《ゆうぜん》と旋回している。甲高《かんだか》い鳴き声が、剣戟《けんげき》の音がひびく水上競技場にこだました。

観覧台に座る遺児側の女宰相、王兄側の老軍《ろうぐん》務卿《むきょう》がどんな表情をしているかは、競技板からではわからない。けれど女宰相は落ちつかない様子で、審判部役の砂時計をのぞきこむような仕草を見せる。

人々が固唾《かたず》をのむなか、砂時計の最後の一反転がはじまった。

「――！」

ロルフが唐突に隊列を崩した。

相手騎士団のなかに飛びこむと、型を極限まで磨《みが》いた普段の剣筋とは一転、狼の咆哮《ほうこう》のような大剣を振るう。それと同時にナルダ国の三騎士が、巨体そのものを武器として、突進するいきおいの猛攻を放った。

残り時間がわずかとなり、劣勢の側が賭《か》けに出ることは珍しくない。破石王であるエトラ国騎士団長は、もちろんそれを承知している。

狼狽《うろた》えることなく仲間騎士を二、三名ずつの隊にわけた。それぞれが受けもつ相手に注意を向けたとき、弓弦が弾ける。ナルダ国騎士の巨体の影からひょいとあらわれたニナが、エトラ国騎士団長に一矢《いっし》を放った。

「！」

急襲の飛矢を爪型盾でふせいだ瞬間に、横合いから剣風が迫る。

リヒトが下段からの大きな一撃をくり出していた。

曲刀で受ける騎士団長だが、わずかな遅れを大剣の重さがうわまわる。堪えきれずに横へ飛んだところへ、ニナが二矢目を打った。曲刀で弾き、同時に駆けよっていたリヒトの大剣を跳ねあげたいきおいのまま跳躍する。

後方にくるりと回転し、片膝をついて降りたった騎士団長は眉《まゆ》をよせた。

「――……」

己のまえにはリヒトとニナが立ち、仲間騎士は連動して動いたロルフらにより、数十歩先にまで移動させられている。

一矢も一閃も、自身と味方を引き離す手段だと察したのだろう。すかさず駆けだした騎士団長に、ニナが弓射する。たたらを踏んで足を止めれば、リヒトが大剣を振るった。

ふたたび飛んだ騎士団長の後方には、競技板の端が迫っている。

それでも冷静に走路を探す姿に、リヒトが不意に口を開いた。

「――ね、あんた自分が、なにしてるかわかってんの？」

エトラ国騎士団長はリヒトを見やる。

ニナを後ろに庇《かば》いたち、リヒトは、その瞳を真っ直ぐに向けて告げた。

「エトラ国がどんな〈報酬〉を約束されたのかは知らないけど、王兄マクシミリアン公が勝ったら、本当にシレジア国で戦火が起こるかも知れない。戦闘競技会に生きる騎士の剣は、争いを呼ぶためのものじゃない。最後の皇帝のまえで誠心《せいしん》を披露したあんたが、なんで、こんなことをしてるんだよ」

エトラ国騎士団長は無言でリヒトを見返した。

半月状の曲刀が身体《からだ》の一部にさえ見える、しなやかな長身は揺らがない。けれど周囲の空気が、なぜだか暗くなった気がした。

遠くで水しぶきがあがり、青、一名退場、との声が聞こえる。

味方の退場を耳にしながら、エトラ国騎士団長は動かない。水色の軍衣《ぐんい》にかけられた青いサッシュが、なにかの合図のように潮風になびいた。

まばたきする間もなかった。気がつけば跳ねあがった長身からくり出された曲刀が、うなりをあげてリヒトに襲いかかっていた。

「！」

硬化銀をも刻む剣風が、リヒトの兜《かぶと》の飾り布を断つ。

辛《かろ》うじて身をそらしたリヒトに、低い姿勢で曲刀を振りきっていた騎士団長が斬りこんだ。大剣と曲刀が金属音を放つ。火花が散るほどの剣戟は、先ほどのような離脱するための攻撃ではなく、相手を倒すための攻撃だ。

リヒトの後方で短弓《たんきゅう》をかまえるニナは、エトラ国騎士団長の豹変《ひょうへん》に息をのんだ。そして激しく曲刀を舞わせる彼の姿に、なぜだか、〈人形〉としてバルトラム国に使われていたメルを思いだした。

――この方は……もしかして……。

格子柄《こうしがら》の軍衣を土煙に颯爽《さっそう》とひるがえし、ナリャス国騎士団長の長槍を巧みにかわしていた姿が脳裏《のうり》をよぎる。観覧台の王侯貴族の歓声を受けて、屋上庭園の最後の皇帝に、誇らしげに立礼を捧げていた姿が。

剣筋は騎士の心とされる。

仮にこの代理競技が彼の意に適うものならば、おそらくはあのときと同じ晴れやかな剣を見せるはずだ。それがまるで別人のように、鬱屈《うっくつ》と怒りを込めた剣を振るっている。

国家騎士団の立場は国によってさまざまだ。あるいはエトラ国騎士団長として、誠心を捨てても優先せざるを得ない、やむをえない事情があるのかも知れない。

胸の痛みに眉をよせたニナだが、いいえ、と表情をあらためた。

短弓のにぎりをつかむ指に力を込める。いつでも打てるように、矢はすでにつがえてある。

——相手騎士団に誰が入ってても関係ない。

——今回だけはぜったいに、勝ちたいって思ってるし。

あいだの休憩でリヒトが言った言葉が耳の奥で聞こえる。民のための王冠ならば欲しいと彼は告げた。平穏な日常とお腹いっぱいの暖かい冬が、騎士として最高の〈報酬〉だと。

だからエトラ国騎士団長がなにを考えているかなど関係ない。ここは競技場で、目の前にいるのは相手騎士だ。騎士と騎士が互いの覚悟を背負って戦い、そして結果が残るだけだ。

「ニナ！」

上段からくだされた曲刀を、リヒトが大剣と盾で押さえこんでいる。

弓射をうながす呼びかけに弓弦《ゆんづる》が応えた。命石を狙ったニナの一矢を、エトラ国騎士団長は、ふ、と瞬時に身を屈めて避ける。そのまま曲刀を上へと放った。後ろ宙返りをしてリヒトの胸を蹴りあげる。

「！」

よろめいたところへ、落ちてきた曲刀をつかむなり振りおろした。頭をずらして避けたリヒトの肩を曲刀が打ち、軍衣が破ける。ニナはすかさず矢を放った。回避するためにエトラ国騎士団長が距離をとった隙《すき》に、リヒトは足を踏んばって体勢を立てなおした。

海鳥は上空を旋回している。

甲高《かんだか》い声で鳴いている。

落水の音が連続して聞こえ、あがった水しぶきが陽光に煌《きら》めいた。金、一名退場、との声がひびく。つづけて青、一名退場、との声が飛んだ。

攻防は一進一退だ。ロルフは青年騎士ら二人を相手にしている。足を広くかまえて重心を落とし、不安定な競技板を確実にとらえる。踏みこみが遅くなる不利は、一人を失ったナルダ国騎士たちがおぎなっている。巨大な凧型盾《たこがたたて》をぶんと振るって、上空から襲いかかる複数の曲刀をまとめて受けとめる。

やがて審判部役が砂時計に注意を向けはじめた。リヒトとエトラ国騎士団長は、競技場の端付近で激しい剣戟を交わしている。彼らの後方で弓射の機会をうかがいながら、ニナは残り騎士数をかぞえた。

遺児側五人に対して、王兄側は——六人。

——あと一人、いいえ、勝つためには、あと二人です。

焦りに唾をのんだニナの足が不意に打たれた。落水した騎士の残した大剣が、振動する競技板に跳ねあげられて、飛んできていたのだった。

「きゃ⁉」

膝の裏を唐突《とうとつ》にすくわれ、均衡を崩したニナは競技板の外へと倒れこむ。

長靴《ちょうか》が足場を失った。

——落ちる……！

青空と観客席が視界に流れ、海面に浮かぶ木樽《きだる》が近づく。

落水を覚悟して目をつぶったニナの右腕が、しかしなにかにつかまれた。え、と目をあけると、競技板に膝をついたリヒトが、落ちかけたニナに手をのばしている。

「リヒトさん……」

ニナは呆然《ぼうぜん》とその名を呼んだ。ニナを助けるために捨てたのだろう、リヒトの右手に大剣はない。そして傘のように頭上をおおった爪型盾には、エトラ国騎士団長がのしかかり、曲刀を食いこませている。

好機と見たか、エトラ国騎士団長は目を血走らせて曲刀に力を込め、リヒトを強引に押しつぶそうとする。なにやってんだ、早く小さいのを捨てろと、トフェルの怒鳴り声が聞こえた。ニナの脳裏に、己の命石《めいせき》よりもニナの無事を優先した――西方地域杯でのリヒトの姿がよぎる。

このままでは二人とも落とされてしまう。放してください、と言いかけたニナだが、途中で口をつぐんだ。

――今回だけはぜったいに、勝ちたいって思ってるし。

リヒトの言葉を思いだし、いいえ、と首を横にふる。

――ちがいます、リヒトさんはあんなこと、もう二度としません。

ならばリヒトが守ったのはなんなのか。恋人としてのニナではなく、彼はなにに手をのばしたのか。

対峙《たいじ》している相手は南方地域の破石王であるエトラ国騎士団長だ。その全力の曲刀を凧型盾で受けるリヒトの腕は、ぶるぶるとふるえている。エトラ国騎士団長が歯を食いしばる音が聞こえ、競技板についたリヒトの膝の周りに亀裂がはしった。

それでもリヒトはニナを離さない。ニナの腕を――一本の矢をにぎったままの、ニナの右腕を。

ニナは短弓をつかんでいる己の左手を見た。

だったら、彼が守ったのは――

大剣よりも信頼している自分の武器――〈盾〉にとっての〈弓〉。

意図を察したニナは、弾かれたようにリヒトを見あげた。察したニナに、見おろしてくるリヒトも気づいた。

ニナはうなずく。

リヒトは笑った。

次の瞬間、リヒトはぐっと低く屈む。右手を大きくふるると、ぶらさげていたニナを渾身《こんしん》の力で宙へと放りあげた。

「！」

金のサッシュが翼のように煌めく。

小柄な身体は海鳥が旋回する空へと飛ばされた。

エトラ国騎士団長は驚愕《きょうがく》に息をのむ。リヒトの凧型盾にめりこんでいた曲刀がわずかに緩《ゆる》んだ。リヒトは大きく地を蹴《け》ると、うああっ、と気合いを放って凧型盾を横に薙《な》ぐ。先端に強打されて後退したエトラ国騎士団長に突っこむと、仰向《あおむ》けに倒れたその長身を凧型盾で組みふせる。

上空に飛ばされたニナは空中で回転した。全身の筋肉を身体の芯へと集中させる。矢筒《やづつ》の矢がぱらぱらと落ちるなか、下を向いて矢をつがえる。

──勝負はこの一本です。

青海《あおうみ》色の目が競技板にそそがれる。

リヒトに押さえつけられているエトラ国騎士団長の命石が、地上の宝石のように輝く。

ニナの矢尻が真っ直ぐにさだまった。弓弦が鳴り、放たれた矢は大気を切り裂いて獲物を目指す。エトラ国騎士団長の見ひらかれた目に、滑空する海鳥の幻影が浮かんだ。

「！」

ぱりん、と高音が弾けた。

綺麗《きれい》に割られた命石のあいだに、競技板に突き刺さった矢が揺れる。

水上競技場に角笛が鳴りわたった。青、一名退場、との声に、地鳴りのごとき歓声があがった。

観客は、競技板で戦う騎士の素性《すじょう》を知っているわけではない。けれど王兄側の騎士団を率《ひき》いる騎士が、まるで破石王のように卓絶した強さの騎士だとはわかる。その命石を、少年と思われる小さな騎士が弓で射ぬいたのだ。しかも放りあげられた空中から。

矢につづいて落下してくるニナの身体を、急いで駆けよったリヒトが抱きとめる。彼らの後方ではエトラ国騎士団長が、空を見あげて横たわっている。

見たか、信じられん、なんだいまのは、とざわめきが広がるなかで、陣所から一部始終を見ていたトフェルが呆然とつぶやいた。

「やっちまった……あいつ……あの小さいのが、南方地域の破石王を……」

離れた場所で交戦していたほかの騎士たちは、審判部役の声でエトラ国騎士団の失石を知った。動揺《どうよう》にだろう、動きを止めた相手騎士にロルフが大剣を一閃《いっせん》させる。対峙中に乾いた咳《せき》をもらしていた騎士の身体が、くの字に折れた。

「――……？」

ロルフは怪訝《けげん》な顔をする。腹に大剣を受けた青年騎士は、どこか穏やかな微笑《ほほえ》みを浮かべると、後方に倒れこんで競技板から消えた。

大きくあがった水しぶきに、角笛の音がふたたび鳴る。青、一名退場、との声に、終了を告げる銅鑼《どら》の音がかさなった。

　キントハイト国の特使代表が両手をあげる。

　残り騎士数は遺児側が五名に対して王兄側が四名。勝利したのは金のサッシュを戴《いただ》いた代騎士団。遺児マルセルの勝利が、高らかに宣言された。

　観客がいっせいに席を立ち、割れんばかりの歓声と拍手があたりを包んだ。崖上《がけうえ》から放たれた花弁の雨のなかで、ニナとリヒトは顔を見あわせる。

「……リヒトさん」

「……ニナ」

　名前を呼んだのは同時だった。

　輝く笑顔が弾ける。

　飛びついたニナを、リヒトがさらうように抱きすくめた。

　心と身体のすべてが溶け合う。あふれ出る歓喜のままくるりと回った二人の軍衣《ぐんい》を、舞い散る花々が華やかに彩った。


　──代理競技は遺児マルセルの勝利で幕を閉じた。

宙に浮いたシレジア国の王権の帰属がさだまり、平和を保証された王都ギスバッハは祝祭に染められ——しかしその数日後。

王城の侍従《じじゅう》が殺害されて王冠が奪われた。

そしてリーリエ国の第七王子ラントフリートが、姿を消した。

※この作品はフィクションです。実在の人物・団体・事件などにはいっさい関係ありません。

集英社オレンジ文庫をお買い上げいただき、ありがとうございます。
ご意見・ご感想をお待ちしております。

● あて先
〒101-8050　東京都千代田区一ツ橋2-5-10
集英社オレンジ文庫編集部 気付
瑚池ことり先生

リーリエ国騎士団とシンデレラの弓音
—見える神の代理人—

集英社
オレンジ文庫

2021年11月24日　第1刷発行

著　者　瑚池ことり
発行者　北畠輝幸
発行所　株式会社集英社
〒101-8050東京都千代田区一ツ橋2-5-10
電話【編集部】03-3230-6352
【読者係】03-3230-6080
【販売部】03-3230-6393（書店専用）
印刷所　大日本印刷株式会社

ISBN 978-4-08-680417-2 C0193

瑚池ことり

リーリエ国騎士団とシンデレラの弓音

シリーズ

①リーリエ国騎士団とシンデレラの弓音

戦争に代わり、戦闘競技会で国々の命運が決まる世界。
非力なニナは、青年騎士リヒトに弓の才能を見込まれて…。

②—綺羅星の覚悟—

恋人でもある盾の騎士リヒトが勝負を捨ててニナを守った。
ニナはリヒトと騎士として対等でありたいと思い悩み…？

③—鳥が遺した勲章—

ある戦闘競技会で垣間見た出来事に騎士としての迷いが
生じたニナ。その直後、何者かに攫われてしまい!?

④—翼に焦がれた金の海—

リヒトと仲違いしたニナを騎士で王女のベアトリスが旅に
連れ出した。競技会が盛んな地でニナが出会ったのは…？

⑤—竜王の人形—

島全土の国家騎士団が集う戦闘競技会が開幕した。
だが重傷を伴う事故が多発し、最悪の事態まで起きて!?

集英社オレンジ文庫

喜咲冬子

青の女公

領主の父を反逆者として殺され、王宮で
働くリディエに想定外の命令が下された。
それは婚姻関係が破綻した王女と王子の
仲を取り持ち、世継ぎ誕生を後押しする
というもの。苦闘するリディエだが、
これが後に国の動乱の目となっていく…。